A. J. Cronin, 1896 in Cardoss/Schottland, geboren, stammte aus einfachen Verhältnissen, studierte Medizin und promovierte 1919. Er arbeitete als Arzt in einer Nervenheilanstalt, als Schiffsarzt, als Armeearzt im Bergbaugebiet von Wales und als Gesellschaftsarzt in London. 1930 begann er zu schreiben. Cronin starb 1981 in Montreux/Schweiz.

Die Schicksalsnacht. Anne Lee, eine junge und schöne Krankenschwester, die erfüllt ist von ihrem Beruf und ihrer Aufgabe, muß die Klinik und den Ort ihrer Kindheit verlassen, als sie nach einem schwerwiegenden Fehler ihrer leichtsinnigen Schwester die Schuld auf sich nimmt. Sie arbeitet noch härter und noch unermüdlicher. Sie geht tapfer und unbeirrt ihren Weg. In dem begnadeten Chirurgen Robert Prescott, der von einer eigenen Spezialklinik träumt, findet sie einen Fürsprecher, der ihr immer wieder beisteht. Als sie nach vielen leidvollen Erfahrungen glaubt, am Ziel ihrer Wünsche und Vorstellungen angelangt zu sein, stirbt ihre Schwester an den Folgen einer Epidemie. Anne erträgt auch diesen Schicksalsschlag. Als Prescott zum Dank für die Rettung eines Kindes einen Scheck für die Gründung seiner Klinik erhält, steht dem Glück der beiden Leidgeprüften nichts mehr im Wege.
In diesem frühen Roman von Cronin sind die Charaktere und Gefühle der Hauptpersonen lebendig und einfühlsam gezeichnet.

Im Fischer Taschenbuch Verlag sind bisher folgende Titel von A. J. Cronin erschienen: ›Die Zitadelle‹ (Bd. 11431), ›Der Judasbaum‹ (Bd. 11551), ›Die Sterne blicken herab‹ (Bd. 11552), ›Die Bewährung‹ (Bd. 11569), ›Die Schlüssel zum Königreich‹ (Bd. 11565), ›Der spanische Gärtner‹ (Bd. 11628). Weitere Bücher folgen.

A. J. Cronin
Die Schicksalsnacht

Roman

Aus dem Englischen von
L. Bröcking

Fischer
Taschenbuch
Verlag

Ungekürzte Ausgabe
Veröffentlicht im Fischer Taschenbuch Verlag GmbH,
Frankfurt am Main, Februar 1994

Lizenzausgabe mit freundlicher Genehmigung
der Scherz Verlags AG Bern/München
Titel der englischen Originalausgabe
›Vigil in the Night‹

Umschlaggestaltung: Buchholz/Hinsch/Hensinger
Gesamtherstellung: Clausen & Bosse, Leck
Printed in Germany
ISBN 3-596-11566-3

Gedruckt auf chlor- und säurefreiem Papier

An jenem bitterkalten Wintermorgen war es gegen sechs Uhr noch recht dunkel draußen. In der kleinen Quarantäneabteilung des Bezirkskrankenhauses von Shereford herrschte Stille, die lastende Stille des Krankenzimmers, nur unterbrochen durch das dünne, rasselnde Atmen eines zweijährigen Kindes, das in der hinteren Ecke des Saales in seinem abgeschirmten Bettchen mit dem Tode rang.

Fast bewegungslos saß Schwester Anne Lee auf ihrem harten Stuhl, tapfer gegen große Müdigkeit ankämpfend, und beobachtete aufmerksam das zarte Gesicht des Kleinen. Mattes Licht ließ die großen Buchstaben auf der Tafel über seinem Bett gerade aufschimmern: Kehlkopfdiphtherie. Eine schwere Erkrankung; und dies ein noch besonders schwieriger Fall. Nur durch sofortigen operativen Eingriff am gestrigen Abend konnte das Kind gerettet werden. Und nun war es herzbewegend anzusehen, wie der Junge mit der kleinen, silbrig durch den Verband scheinenden Kanüle und dem injizierten Diphtherie-Serum erfolgreich gegen das Gift in seinem Blut kämpfte und langsam, langsam aus den dunklen Abgründen des Todes zurückzukehren begann.

Instinktiv erhob sich die Pflegerin und beugte sich leise über das schwer atmende Kind. Behutsam entfernte sie die Kanüle, reinigte sie sorgfältig und schob sie augenblicklich wieder ein. Das Atmen des Kleinen wurde leichter, ruhiger. Sie richtete den langschnabeligen Apparat, der seinen wohltuenden Dampf über das Bettchen verströmte, und griff, mit einem Blick auf ihre Uhr, nach der Spritze auf dem Tischchen neben ihr, um dem Kind mit ruhiger, geübter Hand die vorgeschriebene Menge Strychnin zu injizieren. Kaum merklich reagierte der Junge auf die leichte Einführung der Nadel.

Etwas steif vom langen Sitzen, setzte sich Schwester Anne wieder auf den unbequemen Stuhl. Die Gewißheit, daß sich ihr kleiner Patient durch die schreckliche Krisis hindurchringen würde, erfüllte sie mit tiefer, beglückender Freude. Dafür lebte sie ja! Das war die treibende Kraft, ihres Lebens Inhalt, ihre Berufung. Den Kopf in die Hand gestützt, saß sie da im schwachen Lampenschein und sah so jung, so außerordentlich jung aus; fast zu jung für eine ausgebildete Pflegerin. Sie war auch erst vierundzwanzig und hatte gerade ihre dreijährige Ausbildungszeit mit abschließendem Diplom hinter sich. Die blauweiße Schwesterntracht kleidete sie vorteilhaft. Schlank, mit schönen Händen und einem schmalen sensiblen Gesicht verkörperte sie eine beinahe ernste Lieblichkeit, vertieft durch den feingeschwungenen Mund und das stete Leuchten ihrer großen dunklen Augen. Hinter ihrer fast reglosen Haltung verbarg sich angespannte Wachsamkeit. Gleich mußte es sechs sein und die Ablösung kommen. Ein zärtlicher Schimmer ging über ihr Gesicht – es würde Lucy sein, ihre geliebte kleine Schwester. Kaum achtzehn Monate älter, hatte sie die Jüngere von klein auf bemuttert. Die Eltern waren früh gestorben. Dieser Schlag hatte die beiden Schwestern auch vor die Notwendigkeit gestellt, ihren Lebensunterhalt selbst zu verdienen. Von jeher war es Anne Lees sehnlichster Wunsch, Krankenschwester zu werden, und wenige Monate nach ihrem Eintritt ins Shereford-Krankenhaus hatte sich Lucy auch dazu entschlossen.

An diesem denkwürdigen Wintermorgen erschien Lucy erst um zehn Minuten nach sechs auf der Bildfläche. Unpünktlichkeit wurde im Shereford-Krankenhaus sonst nicht geduldet, aber nicht der leiseste Vorwurf kam über Annes Lippen. Schnell erhob sie sich, lächelte Lucy einen Gruß zu und erklärte ihr mit leiser Stimme ihre Pflichten. Im Augenblick gab es keinen anderen ernsten Fall auf der Station; die beiden Erwachsenen dort waren auf dem Wege der Besserung. Das schwerkranke Kind aber mußte mit größter Aufmerksamkeit gepflegt werden.

»Du verstehst, Lucy«, schloß Anne, »der Junge hier ist das Wichtigste, für ihn mußt du ganz dasein. Setze dich hier auf den Stuhl neben sein Bettchen und rühre dich nicht von der Stelle, bis Schwester Hall um acht kommt.« Lucy nickte kurz und setzte sich, ihre Haltung war ablehnend und unfreundlich. »Siehst du«, fuhr Anne fort, »der Belag wird durch das Serum aufgelockert und verstopft ab und zu die Kanüle. Darauf mußt du gewissenhaft achten.«

»Ich weiß, ich weiß«, gab Lucy ungeduldig zurück, »ich habe gerade so gut wie du gehört, was der alte Doktor Hassal in seinen langweiligen Stunden sagte.« Sie schmollte und fand der Schwester Belehrungen total überflüssig. Diese schwieg; zu oft schon hatte Lucys Ungezogenheit sie tief verletzt. Frühmorgens war sie überhaupt immer schwierig. Anne warf noch einen letzten liebevollen Blick auf das halb bewußtlose Kind und ging leichten Schrittes hinaus. Im Flur nahm sie ihren Mantel vom Haken und schloß leise die Außentüre.

Draußen herrschte noch beinahe nächtliches Dunkel, nur wenige Sterne standen blaßschimmernd am Himmel. Ein scharfer Wind fuhr ihr entgegen; dankbar empfand sie seine wohltuende Frische. Wie das Wetter auch sein mochte, nach Nachtwachen hielt sie sich immer eine Weile im Freien auf, um den kräftigen Seewind tief einzuatmen. Dort unter ihr – sie stand jetzt vor der Reihe niedriger Krankenhausgebäude – lag Shereford, schwarz und düster; ein häßliches, kleines Städtchen mit drohenden Bergwerksschloten und seiner armseligen Fischerflotte im kleinen Hafen; wahrhaftig ein typischer Ausschnitt von Existenzkampf und Armut einer nordenglischen Gemeinde.

Anne war sich bewußt, daß sie eben dieses Shereford liebte, doch hatte sie sich und Lucy ein höheres Ziel gesteckt; hatte diese im nächsten Monat erst ihr Diplom, dann wollten sie sich beide in einem Großstadtkrankenhaus melden. Was galt es doch alles zu erreichen!

Während sie dem Schwesternhaus zueilte, vertiefte sie sich einen Augenblick in glückliche Zukunftsträume. Plötzlich ertönte ein durchdringender Schrei – erschrocken wandte sie sich um. Eine Gestalt rannte in der Dunkelheit auf sie zu – Lucy! Was war geschehen?

Als Anne die Station verlassen, hatte Lucy versucht, es sich so bequem wie nur möglich auf ihrem harten Stuhl zu machen. Sie war erst halbwach und verdrossen und verärgert. Scheußlich, dieses Frühaufstehen! Und wie zuwider war es ihr, in das halbverdunkelte Krankenzimmer zu kommen. Das war doch das schwerste beim Pflegen, zu solch nachtschlafender Zeit aus seinem warmen Bett zu müssen und noch nicht einmal Zeit zu haben für eine Tasse Tee. Sie war einfach eingestellt auf ihren morgendlichen Tee; er weckte sie auf, gab ihr frischen Mut. Je mehr sie darüber nachdachte, desto aufgebrachter wurde sie.

Lucy war ein rundliches kleines Ding mit sorglosem Gesichtsausdruck und lebhaften Augen. Ihr weiches blondes Haar schob sich kokett unter der Schwesternhaube hervor. Sie konnte schelmisch und geradezu herausfordernd lustig aussehen; das stand ihr am besten. In diesem Augenblick aber grub sich eine mißmutige, eigensinnige Falte in das sonst so anziehende Gesicht. Sie kochte innerlich, und endlich riß ihr die Geduld. Sie schalt Anne eine pedantische alte Jungfer und herrisch dazu. Die brauchte ihr nun wirklich keine Vorschriften zu machen. Dem Kleinen da ging es ja ganz gut. Vorsichtig umfaßte sie das dünne weiße Handgelenk des Jungen. Ja, ja, auch der Puls war ganz in Ordnung, beschleunigt natürlich, aber ganz gleichmäßig. Sie mußte einfach eine Tasse Tee haben. Nur einen Augenblick, sie würde ja sofort zurück sein. Sie erhob sich und verschwand lautlos in der anstoßenden kleinen Abteilungsküche.

In seiner stillen Ecke rührte sich das todkranke Kind. Kurze Zeit lag es, schnell, aber regelmäßig atmend, flach auf dem Rücken. Der Dampf des Inhalationsapparates strich sanft über sein bleiches, aufwärtsgerichtetes Gesicht. Lange dunkle Wimpern verstärkten die blauen Schatten unter seinen Augen. Ein dünnes Händchen, das unter der Decke hervorschaute, war ängstlich zusammengeballt, wie im Kampf mit einem verborgenen Feind. Plötzlich änderte sich das Bild. Der Atem des Kindes verlor den gleichmäßigen Rhythmus. Ein dumpfes Keuchen, ein gurgelnder Laut erfüllte die Luft, und im gleichen Augenblick geriet ein grünlicher Pfropfen Diphtheriebelag in den Hals des Kleinen. Dort steckte er, verstopfte die Kanüle und wurde mit jedem mühsamen Atemzug hin- und hergeschoben.

Es war ein furchtbarer Augenblick in jenem leeren dunklen Saal; etwas Verzweifeltes lag in dem beginnenden Todeskampf des wehrlosen Kindes. Mit seinen schwachen Kräften versuchte der kleine Patient, das Hindernis hinauszubefördern; die zarten Händchen verkrampften sich, das Gesichtchen wurde grau vor Anstrengung, die Beinchen zuckten in schwacher Abwehr.

Es ging über seine Kraft. Der würgende Pfropfen blieb, und jetzt kam der Atem immer schwächer, nur noch stoßweise. Das Gesicht wurde fahler und fahler, die krampfgeschüttelte Brust versuchte mit letzter Anstrengung die kostbare Luft einzuziehen. Solche Qual konnte nicht ewig dauern. Ein letzter schrecklicher Kampf, ein röchelnder Laut, dann – Stille. Das dünne, verkrampfte Händchen öffnete sich wie eine Blume, die zarten Fingerchen entfalteten sich langsam wie Blütenblätter im Sonnenlicht. Endlich lag der Kleine völlig reglos mit flehend ausgestreckten Ärmchen.

In diesem Augenblick kam Lucy zurück; gestärkt durch ihre Tasse Tee, voll guter Laune näherte sie sich dem Bettchen. Vor dem leblosen Kind durchzuckte sie ein Todesschreck. Im Nu wurde ihr alles klar. Wie gebannt starrte sie auf den Kleinen. Ein Schrei des Entsetzens entfuhr ihr, und sie verlor vollständig den Kopf. Anstatt die Kanüle sofort zu reinigen und Wiederbelebungsversuche zu machen, rang sie die Hände, rief leidenschaftlich nach Anne und stürzte schließlich in angstvoller Hilflosigkeit aus dem Saal.

Drei Minuten später stand Anne neben dem Bettchen. Sofort entfernte sie die verstopfte Kanüle, weitete mit einer Zange den Luftröhrenschnitt, entfernte den Belag und begann verzweifelt mit künstlicher Atmung. Während der Arbeit wurde ihr Gesicht bleich und starr. Mit unnatürlich gespannter Stimme gab sie Lucy Befehle: »Mehr Strychnin, gib die Kampferspritze, reinen Äther...« Zitternd gehorchte Lucy. Die künstliche Atmung wurde fortgesetzt, fieberhaft, leidenschaftlich. Große Schweißtropfen perlten auf Annes Stirn. Ihre Lippen wurden immer blasser und schmaler. Verzweifelt tat sie alles, was nur in ihrer Macht stand, obwohl sie sich im tiefsten Innern sagen mußte: »Alles, alles vergebens.« Und nun befahl sie fast tonlos: »Hole die Oberin!« Lucy schwankte zitternd hinaus.

Und plötzlich war der kleine Krankensaal voller Menschen: Oberin Lennard im Morgenrock, die Schwestern Hall, Gregg und Jenkins, sonderbar fremd ohne Kittel, der alte Dr. Hassal selbst... alle bemühten sich um die reglose kleine Gestalt. Anne stand aufrecht neben dem Bettchen und verfolgte angespannt die nutzlosen Anstrengungen; neben ihr, mit krampfhaft verschlungenen Händen, Lucy.

Endlich hob die Oberin den Kopf. Sie war eine sehr zarte

Erscheinung mit schneeweißem Haar, das ihr in diesem Augenblick wirr um das ernste, strenge Gesicht fiel. In anklagendem, scharfem Ton fragte sie Anne: »Wie konnte das geschehen?«

Nach endlos scheinender Pause antworte diese: »Die Kanüle war verstopft, wir taten alles, was wir konnten.«

»Einfach unbegreiflich«, warf Dr. Hassal heftig ein und zog sachte das Leintuch über des Kindes Gesichtchen. Wiederum Schweigen. Schwester Gregg, ein unfreundliches Wesen mit stechendem Blick und Anne durchaus nicht wohlgesinnt, war in der kleinen Teeküche verschwunden. Nun kam sie hastig, triumphierend zurück: »Na, da hab' ich ja was Schönes entdeckt, Frau Oberin. Irgend jemand hat sich vor kurzem in der Abteilungsküche Tee gekocht.« Aller Blicke richteten sich fragend auf Anne. Die Oberin rang nach Fassung. »Haben Sie sich wirklich Tee gemacht, während Sie das todkranke Kind betreuen sollten?« Anne hielt dem vorwurfsvollen, erregten Blick der Oberin stand. Beantwortete sie diese Frage wahrheitsgemäß, so war es um Lucy geschehen. »Warum?…« fragte sie ablenkend, um ihre Schwester zu schützen, als eine andere weit verfänglichere Frage ertönte: »Warum verstopfte sich die Kanüle?« Diese Frage war katastrophal. Greifbar deutlich stand Anne das vor Augen; Lucy hatte ihr Diplom noch nicht. Dieses schreckliche Ereignis mußte ihrer Laufbahn als Krankenschwester ein Ende setzen, noch ehe sie begonnen. Alle Liebe und Mütterlichkeit in Anne erhoben dagegen Protest, und fast unbewußt reifte ihr Entschluß, um Lucys willen mit Vorbedacht nicht bei der Wahrheit zu bleiben.

»Fünf Minuten vor sechs fühlte ich mich sehr müde. Ich machte mir schnell eine Tasse Tee, nachdem ich mich vergewissert hatte, daß bei dem Kleinen alles in Ordnung war. Als Lucy kam, rief sie mich. Wir taten unser möglichstes –« ihre

Augen suchten die Abteilungsuhr – »wir arbeiteten fast drei Viertel Stunden, doch es war alles, alles umsonst.«

Ein höhnischer Laut entfuhr Schwester Gregg. Dr. Hassal konnte seine Verachtung nicht verbergen. Langes Schweigen herrschte. Anne blieb aufrecht. Lucy hielt sich krampfhaft am Fußende des Bettchens, unfähig, auch nur ein Wort herauszubringen. Endlich sagte die Oberin mit leiser Stimme: »Gehen Sie auf Ihr Zimmer, wir werden Sie später rufen lassen.«

Stunde um Stunde wartete Anne alleine in ihrem Zimmer, einem winzig kleinen Zimmerchen am Ende des langen Korridors im Schwesternhaus. Drei Jahre lang war es ihr Heim gewesen; hier hatte sie sich nach der Arbeit zur Ruhe gelegt und in aller Morgenfrühe erhoben, um mit frischen Kräften einen neuen Tag zu beginnen. Da waren ihre eigenen wenigen Habseligkeiten, ein Bild ihrer Eltern, eine Fotografie von Lucy, von der Schulklasse, da lagen die alten silbernen Toilettegegenstände ihrer Mutter. Doch jetzt schien ihr das alles merkwürdig fremd; oder war sie etwa eine Fremde hier? Ihr geübtes Ohr hörte gewohnheitsmäßig die entfernten Geräusche des Krankenhausbetriebes, aber niemand kam zu ihr in all diesen langen, bangen Stunden.

Gegen drei erschreckte sie ein Klopfen an der Türe. Vielleicht war es die Oberin. Nein, nur Schwester Jenkins, die mit abweisendem Gesicht ein Tablett hereinbrachte. Sie gab sich alle Mühe, ihr Mitgefühl zu verbergen. »Ich wollte eigentlich gar nicht kommen, es könnte mich meinen Kopf kosten, aber ich kann Sie doch nicht verhungern lassen…«, brummelte sie vor sich hin.

»Wie lieb von Ihnen, Schwester Jenkins, vielen Dank. Aber ich habe wirklich keinen Hunger.«

»Unsinn, Kindchen, Sie brauchen noch genug Kraft für alles Kommende.« Und unter dem zwingenden Blick der Schwester Jenkins blieb Anne nichts anderes übrig, als gehorsam die belegten Brote zu essen und Kakao zu trinken. Martha Jenkins schien eine verknöcherte, verbitterte Seele unbestimmbaren Alters, doch schlug unter der rauhen Schale ein warmes Herz. Sie hatte Anne liebgewonnen, konnte aber um nichts in der Welt ihre Gefühle zeigen.

»Sie haben sich da in eine schwierige Situation gebracht und das ganze Krankenhaus in gehörige Aufregung versetzt. Alles redet davon. Schwester Gregg sagte, daß sie das schon längst vorausgesehen habe, sie hätte Ihrer Engelhaftigkeit nie getraut...«

»Schwester Gregg war ja immer meine besondere Freundin«, entfuhr es Anne bitter.

»Aber ich habe Sie gehörig verteidigt und ihnen das Maul gestopft«, legte Martha Jenkins los. Anne schwieg. Die Verteidigung dieser guten Alten konnte ihr kaum viel helfen. »Wo ist Lucy?« lenkte sie ab. »Bei der Arbeit, sie schweigt sich aus.«

»Was hat man wohl mit mir vor?« fragte Anne apathisch.

»Ich fürchte, das werden Sie noch früh genug erfahren. Um fünf findet eine Vorstandssitzung statt.«

Schwester Martha näherte sich Anne, und über ihr ausdrucksloses Gesicht flog ein warmer Schein. Unbeholfen streichelte sie ihre Hand. »Nehmen Sie es nicht zu schwer, liebes Kind. Man kann Sie höchstens rauswerfen, glauben Sie mir, das wäre das beste, was Ihnen geschehen könnte.« Schweratmend machte sie eine Pause. »Na, weil wir gerade dabei sind, will ich Ihnen meine Meinung sagen und Ihnen einen Rat geben. Das Pflegen ist ein schlechtes Geschäft, lassen Sie lieber die Finger davon. Ich kann etwas davon erzählen. Jahre und Jahre habe ich schwer gearbeitet, geschuftet, mich abgerackert, und was habe ich davon? Keine Mark habe ich von dieser lebenslänglichen Fronarbeit. Und wenn ich am Ende meiner Kraft bin, mein Rheumatismus mich zwingt, die

Arbeit niederzulegen? Zum alten Eisen wird man mich werfen. Kein Gedanke an eine Pension, ich muß froh sein, wenn ich wenigstens im Stift unterschlüpfen kann. Und ich bin nicht die einzige. Es ist ein Skandal, ein Verbrechen, das zum Himmel schreit! Sie wissen genau, daß ich recht habe, wenn Sie auch erst drei Jahre Schwester sind. Es ist reine Sklaverei. Sie waren gewissenlos und leichtsinnig, und doch ist diese verhängnisvolle Nachtwache das größte Glück, das Ihnen geschehen konnte. So kommen Sie hinaus – und bleiben Sie gefälligst draußen. Heiraten Sie den Mechaniker, diesen netten jungen Mann, der Sie lieb hat, diesen Joe Shand, heißt er nicht so? Gründen Sie ein eigenes Heim und kriegen Sie einen ganzen Haufen Kinder; da können Sie pflegen, soviel Sie nur wollen. Glauben Sie mir, die Ehe, eine eigene Häuslichkeit, Kinder... das ist es, was jede mütterlich empfindende Frau braucht. Ich gäbe was drum, wäre das mein Los gewesen.«

Die alte Schwester erlahmte, ganz mitgenommen von diesem Ausbruch. Anne sah sie nachdenklich an. Im Augenblick vergaß sie ihr eigenes Leid. Es drängte sie, ihre innere Überzeugung auszusprechen. Leise, wie zu sich selbst, begann sie: »Ich weiß, Sie haben recht in vielem, was Sie da sagten. Aber ich liebe meine Arbeit, liebe sie mit ganzer Seele. Es ist eine wundervolle, wertvolle Arbeit. Wir Schwestern sind schlecht bezahlt, wir müssen uns mit vielem abfinden, doch könnte es anders sein, wenn wir nur zusammenhielten, gemeinsam kämpften. Dann erreichten wir sicher bessere Berufsbedingungen. Ich bin sogar fest davon überzeugt. Das ist eine der großen Aufgaben, die ich mir gestellt habe. Aber selbst wenn wir immer unter diesen schlechten Bedingungen arbeiten müßten – es wird sich doch stets lohnen, Krankenschwester zu sein.«

Schwester Jenkins zuckte ungläubig die Achseln: »Ihre Theorien sind gut, Schwester Lee. Aber ich denke nicht, daß sie je verwirklicht werden könnten. Denken Sie lieber an meinen Rat und nehmen Sie die Gelegenheit wahr, von dem Ganzen wegzukommen. Adieu.«

Wiederum allein, kam Anne das Absonderliche ihrer Lage erneut zum Bewußtsein. Schwester Martha mußte sie ja für eine Scheinheilige halten. Doch nichts auf der Welt konnte sie in ihrem Entschluß beirren; sie mußte Lucy schützen, koste es, was es wolle.

Um halb sechs erging endlich der gefürchtete Ruf der Oberin. Das Blut hämmerte in Annes Schläfen beim Eintritt in Miss Lennards vertrautes Büro. Die Oberin saß an ihrem Schreibtisch; in ihrer Nähe hatten die vier Vorstandsmitglieder Platz genommen: Amos Green, der Bergwerksagent; der Grubenmeister Mr. Weatherby; Sam Staples, der Auktionator, und der Pfarrer, David Perrin. Sie alle starrten Anne neugierig und unpersönlich an. Neben der Oberin stand Dr. Hassal über einige Papiere gebeugt; er nahm überhaupt keine Notiz von ihr.

Einen Augenblick herrschte bedrückendes Schweigen. Dann begann Miss Lennard schroff: »Schwester Lee, wir haben Ihren Fall gründlich besprochen; er ist für uns alle äußerst schmerzlich. Haben Sie irgend etwas zu Ihrer Verteidigung zu sagen?«

Ein eisiger Schauer kroch über Annes Rücken. Was konnte sie sagen, das nicht Lucys Schuld ans Licht gezerrt hätte? Da saßen die Vorstandsmitglieder wie leibhaftige Richter. »Nein, nein, ich habe wahrhaftig nichts zu sagen«, stammelte sie.

»Nichts?« rief Amos Green empört. »Nicht einmal eine Entschuldigung für Ihre Pflichtvergessenheit?«

Anne starrte den untersetzten Bergwerksagenten an. Er

war ein Freund ihres verstorbenen Vaters gewesen und hatte ihr als kleinem Mädelchen oft Süßigkeiten geschenkt.

»Verstehen wir wirklich recht?« ließ sich der Pfarrer vernehmen. »Müssen wir Sie tatsächlich für schuldig halten?« Sein Ton klang herzlich, gütig. Anne nickte nur, blind vor Tränen.

Die Beratung begann. Anne hörte den Präsidenten, Mr. Weatherby, sagen: »Es hat ja gar keinen Zweck, noch lang und breit darüber zu reden...« Er gab Miss Lennard ein Zeichen.

»Schwester Lee«, fing die Oberin mühsam an, »ich kann gar nicht sagen, welchen Schock dieses Erlebnis mir persönlich versetzt hat. Daß eine meiner Schwestern, vor allem Sie, sich eines solchen beruflichen Fehltritts schuldig machen konnte...« Ihre Stimme zitterte, versagte.

Hier fiel Dr. Hassal ein; er kam vom Fenster näher, und aus seinen Worten sprach große Erbitterung. »Wohl mögen Sie nach Worten suchen, Frau Oberin, es lassen sich überhaupt schwerlich welche finden.« Und zu Anne gewandt: »Ein Menschenleben ist durch Ihre durch nichts zu rechtfertigende Nachlässigkeit vernichtet worden. Und doch stehen Sie da, so unbewegt, als ginge Sie das alles gar nichts an. Hätten Sie mein trauriges Amt, der Mutter des kleinen Opfers die Schreckenskunde zu überbringen, vielleicht wäre Ihnen anders zumute. Haben Sie denn zu Ihrer Verteidigung nichts vorzubringen?«

Es drängte Anne heiß, mit der ganzen Wahrheit herauszurücken; es war eine große Versuchung, sich von all den ungerechtfertigten Vorwürfen reinzuwaschen, der schrecklichen Schande zu entgehen. Aber tapfer rang sie diesen Impuls nieder und verharrte schweigend, mit niedergeschlagenen Augen, leise zitternd.

Die Oberin wechselte einen Blick mit Dr. Hassal und dem Präsidenten. Unwillkürlich seufzte sie. »Dann gibt es also keine Hoffnung mehr. Sie müssen die Folgen Ihres Handelns tragen. Sie sind entlassen und werden morgen schon das Krankenhaus verlassen. Nur Ihre bisherige gute Führung ließ uns von einer härteren Strafe – der Entziehung Ihres Diploms – absehen. Eigentlich hätte der Vorstand die Angelegenheit gerne vor den Schwesternrat gebracht, doch wie gesagt, wir wollen in Anbetracht Ihrer guten Führung Gras darüber wachsen lassen. Versuchen Sie nun Ihr Glück auf eigene Faust. Empfehlungen kann ich Ihnen natürlich nicht mitgeben. Ich möchte mich jetzt von Ihnen verabschieden. Adieu, Schwester Lee.«

Mit tränenumflortem Blick sah Anne zu der Oberin auf. Daß diese kluge und gütige Frau, die sie ausgebildet und immer wieder ermutigt hatte, deren volle Zuneigung sie besessen, sie nun plötzlich ganz verdammen und verachten konnte, schien ihr fast untragbar. Doch was hätte sie tun können? Nichts.

Als Anne sich anschickte hinauszugehen, feuerte Dr. Hassal seinen letzten Schuß ab: »Es gibt nichts Schlechteres auf der Welt als eine schlechte Krankenpflegerin und nichts Besseres als eine gute. Halten Sie sich das täglich vor Augen, Schwester Lee!«

Draußen wischte sich Anne energisch die Tränen ab und eilte auf ihr Zimmer. Sie rannte wie gejagt, und glücklicherweise begegnete ihr kein Mensch. Ganz außer Atem kam sie an, und hier wartete Lucy. »Oh, Anne, was geschieht?« rief sie voller Bestürzung. »Den ganzen Tag ließ man mich nicht los, immer hatte diese dumme Schwester Hall etwas für mich zu tun, bis fünf Uhr. Schnell, sag mir doch, was geschehen ist!«

»Ach, nichts.« Annes Stimme kam wie aus weiter Ferne. »Man hat mich vor die Tür gesetzt, das ist alles.« Über Lucys Gesicht glitt ein Schimmer der Erleichterung: »Weiter nichts – welches Glück.«

Annes Blick schien sich in weite Fernen zu verlieren. Doch

ging ihr in allem Schmerz etwas von Lucys Selbstsucht auf, und traurig fragte sie: »Ist das nicht genug?« Worauf Lucy mit gespielter Zerknirschung rief: »Oh, ich weiß, ich weiß, aber ich hatte mir etwas viel Schlimmeres vorgestellt, polizeiliche Maßnahmen und so... ich wartete nur darauf, bekennen zu müssen, und dachte, man würde etwas Schreckliches unternehmen...«

Anne erwiderte aufgebracht und zornig: »Du hättest dir lieber heute morgen solche Vorstellungen machen sollen. Dann würde der Kleine noch leben. Ach, es ist so furchtbar, ein böser Traum... Ich kann immer noch nicht recht glauben, daß es Wahrheit ist.«

Lucy spielte die Beleidigte. »Ich kann es ja jetzt immer noch sagen«, erklärte sie in geharnischtem Ton. »Natürlich will ich es tun, wenn dir so viel daran liegt. Denk nur nicht, daß ich Angst habe. Ich gehe sofort zur Oberin.«

»Sie würde dir doch nicht glauben. Im Gegenteil, sie würde eher denken, du wolltest mich in Schutz nehmen«, meinte Anne bitter.

Ein lastendes Schweigen erfüllte das kleine Zimmer. Anne starrte in qualvollem Schmerz zum Fenster hinaus, Lucy biß sich halsstarrig auf die Lippen. Dann fiel sie mit einem Schluchzen aufrichtiger Reue Anne unversehens um den Hals. »Ich weiß gar nicht, wie es überhaupt geschehen konnte. Es ist einfach wundervoll von dir, alles auf dich zu nehmen. Ich hätte das nicht fertiggebracht. Ich habe nicht den Mut dazu. Und dann hätte man mir niemals mein Diplom gegeben. Alles wäre aus. Du aber kannst gewiß leicht einen Posten finden, liebe Anne. Und wenn ich erst mein Examen bestanden habe, komme ich zu dir; wir wollten ja ohnehin nicht ewig in diesem öden Nest bleiben, nicht wahr? Aber wenn du es verlangst, will ich alles bekennen...«

Während Lucy beinahe hysterisch weiterschwatzte, hielt

Anne sie eng umschlungen und strich ihr immer wieder mütterlich über die Stirn. Wie liebte sie doch ihre Lucy. Ihr Opfer erschien ihr ganz selbstverständlich, einfach notwendig, das einzig Richtige. So saßen sie zusammen auf dem Bettrand und schauten zum Fenster hinaus und dachten an die Zukunft, während die Lichter der entfernten Stadt durch die Dämmerung heraufschimmerten.

»Wohin wirst du gehen?« flüsterte Lucy. Anne hatte schon darüber nachgedacht. Sie hatte ja immer gehofft, in einer Großstadt weiterzukommen. Nun war die Gelegenheit dazu plötzlich da, aber auf eine so traurige Weise. »Ich gehe nach Manchester. Sorge dich nicht um mich; dort finde ich sicher Arbeit. Da gibt es viele Möglichkeiten. Auch bin ich dann nicht allzuweit weg von dir, mein Liebes.«

Annes Stimme war im Dunkel des Zimmers kaum mehr hörbar, als sie fortfuhr: »Um eines möchte ich dich noch bitten. Wenn du überzeugt bist, daß ich jetzt etwas für dich getan habe, dann tue du auch etwas für mich. Versprich mir, wiedergutzumachen, eine gute Pflegerin zu werden, und nie mehr pflichtvergessen zu sein.«

»Ich verspreche es dir«, flüsterte Lucy schluchzend.

Kaum war Lucy fortgegangen, da begann Anne mit Pakken. Sie hatte beschlossen, das Haus noch im Morgengrauen zu verlassen. Sie wollte niemandem mehr begegnen, keine Mitleidsbezeugungen oder Kritik hören. In ihrem Fall war es das beste, einen festen Strich unter das schwere Erlebnis zu ziehen. Nur eines lag ihr noch am Herzen: Um elf Uhr, als alle Lichter im Schwesternhaus gelöscht waren, schlich sie leise, leise die Treppen hinab und stahl sich unbemerkt über den Hof in die kleine Leichenhalle.

Unerschrocken trat sie ein und dachte eine Weile ernst und still an ihren kleinen Pflegling. Wie schmerzlich war doch das Sterben eines Kindes. Trauriger noch war ein solches Ende, das gar nicht hätte sein müssen. Sie war tief erschüttert, und sie betete heiß und innig für ihre Schwester, sich selbst, ihre Zukunft, betete, daß einzeln und vereint sie diesen verhängnisvollen Fehler Lucys wiedergutmachen möchten. Dann ging sie seltsam getröstet auf ihr Zimmer zurück und legte sich schlafen.

Ein Viertel vor sechs riß der Wecker Anne unbarmherzig aus dem Schlaf, und schon bald darauf verließ sie, ihr Köfferchen in der Hand, das Zimmer. Sie wollte einen tränenreichen Abschied vermeiden und schob im Vorbeigehen sachte einen Abschiedsgruß unter Lucys Zimmertüre hindurch; das würde sie gewiß verstehen. Dann stieg sie leise die Treppen hinunter und stand zum letzten Male unter der Pforte des Krankenhauses.

Es regnete sanft; ein leichter Seenebel machte ihre Haare feucht und sprühte winzige Perlchen über ihren blauen Regenmantel. Sie war jetzt auf der breiten Hauptstraße angelangt und wagte nicht, sich noch einmal umzuschauen, um nicht in Tränen auszubrechen. Das scharfe Hupen eines Autos ließ sie erschrocken zur Seite springen, und schon im nächsten Augenblick hielt ein alter, abgenutzter Wagen dicht neben ihr auf dem nassen Pflaster. Heraus sprang Joe Shand, ein untersetzter blonder junger Mann in Arbeitskleidung; sein gutmütiges Gesicht spiegelte hilflose Verlegenheit und aufrichtiges Mitgefühl.

»Dachte ich's doch, daß du zum 6.30-Uhr-Zug rennen würdest.«

»Du wußtest also, daß ich fortgehe?«

»Natürlich, die ganze Stadt redet ja davon.« Joe hätte sich ohrfeigen können, als ihm das entschlüpft war. Anne hatte begriffen; ganz Shereford redete also über ihre Entlassung. Das war bitter. Sie biß die Zähne zusammen. »Ich muß eilen, Joe, sonst verpasse ich noch den Zug.«

»Ach, deshalb bin ich ja gerade gekommen, ich kann dich doch deinen Koffer nicht alleine schleppen lassen. Wenn du mit dem 6.30-Uhr-Zug fährst, mußt du übrigens in Grimthorpe fünfzig Minuten auf den Anschluß warten. Laß mich dich doch mit meinem Sedan nach Grimthorpe bringen; für mich ist's ein Kinderspiel, es sind bloß dreißig Kilometer, aber für dich macht das viel aus.«

Anne war überzeugt, daß sie sich auf ihn verlassen konnte. Was er da sagte, war ganz richtig. Sein Plan ersparte ihr nicht nur Zeit, sondern wahrscheinlich auch manch unliebsame Begegnung auf dem Bahnhof in Shereford. »Danke, mein Lieber«, willigte sie ein, »das sieht dir wieder einmal ähnlich.«

Sie stiegen in seinen Wagen und fuhren rasch in Richtung Grimthorpe davon. Joe war der geborene Fahrer; er kannte den Mechanismus seines Wagens vollständig. Hier lag seine Begabung. Im übrigen war er recht schwerfällig und unsicher. Schweigend fuhr er dahin. Anne studierte sein Profil; er war ein lieber Kerl, der Joe, gutmütig und warmherzig, aber etwas charakterschwach. Sie kannten sich von Kind auf, waren zusammen zur Schule gegangen, alle drei, Lucy, Joe und sie. Sie hatten zusammen gespielt und dumme Streiche vollführt und auch im Kirchenchor mitgesungen. Und für Joe war es eine ausgemachte Sache, daß er Anne heiraten würde. Wie oft hatte sie das schon in Verlegenheit gebracht. Auch heute erfühlte sie sofort, daß ihn etwas stark beschäftigte, aber erst als sie fünf Kilometer jenseits der Stadtgrenze waren, brach es leidenschaftlich aus ihm heraus: »Anne, ich kann mir einfach keinen Reim auf dies alles machen. Es ist ja alles Blödsinn, was die Leute reden, Amos Green zum Beispiel, der gestern abend noch bei uns war. Ich glaube ihnen einfach nicht. Um Himmels willen, Anne, sag doch du mir, was los ist.« Anne schüttelte bestimmt den Kopf. »Ich will nicht mehr davon reden. Ich habe ein für allemal einen Strich darunter gemacht.«

Gewöhnlich waren Annes Worte für Joe Gesetz, doch dies eine Mal war er nicht zufrieden. »So erkläre doch wenigstens diese eilige Abreise«, fing er wieder an, »ich finde es verrückt, begreife einfach nicht. Warum in aller Welt tust du das?«

»Warum sollte ich bleiben?« Es kam ihr nicht in den Sinn, daß dies das Allerungeschickteste war, was sie hätte sagen können. Joe war um die Antwort denn auch nicht verlegen. »Weil ich will, daß zu bleibst, ich will dich heiraten, Anne, ich brauche dich. Mit dir zusammen hönnte ich etwas erreichen, ein großes Geschäft aufbauen... und –« er errötete und stockte zaghaft – »ich liebe dich, Anne, und vielleicht kann ich dir aus diesem Schlamassel heraushelfen.«

Anne schwieg, gerührt von seiner Treue, und die Versuchung überkam sie, alles über Bord zu werfen und Heim und Geborgenheit bei ihm zu suchen. Doch ein unbestimmtes Etwas hielt sie zurück, etwas tiefer Begründetes, Unerklärliches. »Dränge mich nicht gerade jetzt, Joe«, wich sie aus. »Du siehst, ich bin ganz durcheinander. Vielleicht ein anderes Mal, wenn du mich später noch einmal fragen magst.«

In Joes Gesicht stieg eine heiße Blutwelle, sein Mund öffnete und schloß sich. Nur mit größter Anstrengung konnte er sich beherrschen. Anne hatte ihm mehr Grund zur Hoffnung gegeben als je zuvor. Die wollte er nicht durch ein ungeschicktes Wort zerstören. Er fuhr jetzt langsamer, um das kostbare Zusammensein zu verlängern, und erreichte den Bahnhof knappe vier Minuten vor Abfahrt des Zuges. Er hatte kaum Zeit, ein paar Magazine und Zeitungen für sie zu kaufen, als der Zug kreischend in die Halle donnerte, Anne einstieg und ihm aus dem Fenster ein Lebewohl zuwinkte. »Laß es dir gutgehen, Joe, – und gib acht auf Lucy…« war das letzte, was er hörte.

War das eine trübselige Fahrt nach Manchester, durch die düstere Industriegegend, durch schmutziges, vom Regen aufgeweichtes Land. Hohe Schornsteine ragten zwischen Schlakken- und Schutthalden in die regenschwere Luft. Die Städte waren dunkel und häßlich, verwittert und verrußt. Aber mehr als Landschaft und Wetter beschäftigten Anne die Zeitungen. Sie war fest entschlossen, alle Brücken hinter sich abzubrechen und so schnell wie möglich einen neuen Posten zu finden. Eifrig durchsuchte sie den Anzeigenteil der Verbandszeitung für Pflegepersonal. Je länger sie schaute, um so mehr umwölkte sich ihre Stirne; nichts war frei, kein einziger Posten in Manchester selbst. Welch ein Schlag! Es war dringend nötig, daß sie sofort Arbeit fand. Zwar bestand die Möglichkeit, ein Zimmer zu mieten und sich von dort aus nach Arbeit umzusehen, aber ihre bescheidenen Mittel reichten nicht weit.

Mit ängstlicher Spannung überflog sie die Anzeigen im Lokalblatt von Manchester und strahlte plötzlich über das ganze Gesicht. Da, gerade am Anfang der ersten Rubrik stand folgende Anzeige: »Schwestern. Kräftige junge Mädchen, geschult und ungeschult, werden gesucht für das Privatkrankenhaus in Hepperton. Angebote an Miss East, Oberin.« Anne jubelte innerlich; welch unerhörtes Glück, daß sie das gerade am heutigen Tage lesen mußte.

Nach kurzer Tramfahrt erreichte sie Hepperton, ein dichtbevölkertes Arbeiterviertel am Südende der Stadt. Welcher

Gegensatz zur heimeligen Kleinstadt, dachte Anne benommen, als sie die zahlreichen Fensterreihen sah, und ein leises Angstgefühl beschlich sie. Aber hier öffneten sich ihr ja herrliche Aussichten; wieviel Berufserfahrung würde man unter dieser bunt zusammengewürfelten Masse sammeln können. In einer kleinen Konditorei in der Nähe der Tramhaltestelle stärkte sie sich ein wenig, hatte sie doch den ganzen Morgen noch nichts zu sich genommen, und schlug dann kurz entschlossen den Weg zum Krankenhaus ein. Sie läutete beim Portier und wurde der Oberin gemeldet, nachdem sie einen vorgedruckten Fragebogen ausgefüllt hatte.

Die Innenausstattung des großen Gebäudes machte einen höchst veralteten Eindruck, die Oberin selbst aber war durchaus keine gebrechliche Erscheinung; die geschäftige Vierzigerin, eine untersetzte, rundliche Gestalt, sprühte vor Leben und Energie. Sie machte keine langen Geschichten mit Anne: »Ihr Name ist Anne Lee, Sie hatten eine dreijährige Ausbildungszeit im Krankenhaus in Shereford, nicht wahr? Sie haben gerade Ihr Diplom bekommen und sind dann abgeschoben? Sehr undankbar, so was! Ich kenne das, bin daran gewöhnt, wundere mich über nichts mehr. Na, ich habe übrigens den Nutzen davon. Wo ist Ihr Diplom?« Anne zeigte das Dokument. Die Oberin überflog es kurz. Und ebenso kurz und bündig erklärte sie dann: »Gut, in Ordnung. Ich werde Ihnen eine Chance geben. Melden Sie sich bei Oberschwester Gilson, Station C, Chirurgische Abteilung. Sie werden morgen noch untersucht werden. Und merken Sie sich, ich dulde keinen Firlefanz. Einen halben Tag frei in der Woche, wenn Sie Glück haben, Extrapflichten, wenn Sie keines haben. Rauchen, Schminken, Parfümieren verboten. Das Zimmer werden Sie teilen müssen. Bringen Sie diesen Zettel Schwester Gilson; fertig!«

Station C lag im entferntesten Ende des Nordflügels; eigentlich waren es zwei durch einen Operationssaal verbundene Abteilungen. Oberschwester Gilson schien vollkommen überarbeitet. Sie nahm Anne ganz mechanisch in Empfang. »Sie werden schon heute nachmittag zu tun bekommen; wir haben Aufnahme heute, sind immer überfüllt und haben nicht genug Arbeitskräfte.« Die Stationsschwester hielt eine junge Schwester an, die gerade vorbeikam. »Schwester Dunne, Sie sind gleich frei. Zeigen Sie doch bitte Schwester Lee das Schwesternhaus. Helfen Sie ihr ein wenig, geben Sie ihr eine Wäschenummer und machen Sie ausfindig, wo sie schlafen kann.«

Nora Dunne mochte etwa fünfundzwanzig sein, eine feste, rundliche kleine Person mit sommersprossigem, fröhlichem Gesicht und dunklen, schelmisch blitzenden Augen. Sie warf einen prüfenden Blick auf Anne und bot ihr dann ein freundliches Willkomm.

»Da haben wir also das neueste Opfertier. Kräftige junge Mädchen gesucht für das Zerstörungsinstitut für Schwestern. Na, Sie sehen wenigstens aus, als würden Sie's überstehen.« Annes verblüfftes Gesicht ließ sie laut auflachen. »Sie können meinen Spott natürlich nicht verstehen, gelt? Aber warten Sie nur, Sie werden nur zu bald dahinterkommen. Ach, unser gutes, altes Hepperton – das Wunder von Krankenhaus, mit fließendem kaltem und warmem Wasser, Frühstück ans Bett und allem nur erdenklichen Komfort… herrlich!«

»Es scheint nicht so weit her zu sein damit«, meinte Anne vorsichtig. »Stimmt«, gab Nora zurück. »Die Wirklichkeit ist unglaublich: abscheuliche Zimmer, steinharte Betten, Schaben in den Schränken und Feuchtigkeit im Souterrain. Die hygienischen Einrichtungen spotten jeder Beschreibung. Im Schwesternhaus können Sie ein heißes Bad nur haben, wenn Sie dem Hausmeister vorher eine Karte schreiben, und einen wahren Straußenvogel-Magen brauchen Sie für das – entschuldigen Sie – für das Fressen.«

»Wie steht es mit der Arbeit?« unterbrach Anne den Redestrom. Nora Dunne lachte hell auf. »Na, von der werden Sie wenigstens reichlich haben. Unsere Säle sind immer überfüllt. Und einen wunderbaren Mann haben wir – Prescott, Chirurg –, einen dunklen, schweigsamen Teufel, der wie ein Erzengel operiert. Leider gehören wir von Station C nicht unter sein Regiment, aber wir assistieren ihm bei seinen Operationen. Er ist einfach großartig. Ein Pech nur, daß das Krankenhaus von freiwilligen Gaben leben muß und es eben immer an Geld mangelt. Das Resultat – Mangel überall, ausgepumpt und ausgesogen bis auf die Knochen. Von außen sieht der Kasten zwar noch so einigermaßen aus, aber er kracht in allen Fugen. Und womit erst wir Schwestern uns zufriedengeben müssen..., na, Sie werden sich wundern, mein Kind. Sie hielten sich wahrscheinlich schon für einen Glückspilz, das wunderbare Inserat entdeckt zu haben. Das steht täglich im Anzeiger. Die Oberin ist der reinste Schinder; wir haben sie Dampfwalze getauft.«

»Versucht denn niemand, die Dinge zu bessern?« wandte Anne schüchtern ein. Nora kräuselte spöttisch die Lippen. »Ach, ab und zu schon mal, denke ich, besonders Prescott, obwohl er von den wahren Zuständen keine Ahnung hat. Er weiß beispielsweise nicht, wie es um uns Schwestern bestellt ist. Er schwebt eben hoch in den Wolken, hat ständig seine chirurgische Klinik im Kopf, eine Klinik für Gehirnerkrankungen, die er ins Leben rufen will. Ja, und Matt Bowley nicht zu vergessen. Wie, Sie haben noch nie von ihm gehört? Er ist kein Arzt, aber eben der Matt Bowley. Er ist Millionär und scheint sich für das Krankenhaus zu interessieren. Ein guter Freund von Prescott. Sonst gibt es niemanden, der zu erwähnen wäre. Unser Vorstand? Geizige, verknöcherte Gemüter!«

So schwatzte Nora weiter, bis sie beim Schwesternhaus angelangt waren. »Nehmen Sie mir mein Geschnatter nicht krumm. Ich mag Sie gern, Sie Unschuldswurm. Wenn Sie Lust haben, können Sie bei Glennie und mir schlafen. Unser Zimmer ist nicht mal so übel und außerdem ein Dreierzimmer. Glennie schnarcht zwar fürchterlich, und beinahe jede Nacht kriegt sie zweimal meinen Pantoffel an den Kopf. Aber wenn Sie trotzdem den Mut haben – es wäre wirklich nett!« Anne freute sich über die freimütige Natürlichkeit des frischen Mädchens und war von Herzen einverstanden.

Das Zimmer, in das Nora sie nun führte, lag drei Wendeltreppen hoch, direkt unter dem Dach. Drei schmale eiserne Gitterbetten, drei alte wackelige Kommoden und drei abgestoßene Emailwaschbecken – das war die ganze Einrichtung. Erwartungsvoll studierte Nora Annes Gesicht. »Bloß keinen Nervenschock, Verehrteste, man gewöhnt sich an alles.«

»Denke ich auch«, gab Anne mit erzwungener Heiterkeit zurück. Noch nie in ihrem Leben hatte sie eine derart erbärmliche Einrichtung gesehen. »Es ist zwar kein Ritz«, spann Nora weiter, »immerhin noch das Annehmbarste, was es in diesem Palast hier gibt. Wer wollte nicht gern Krankenschwester sein bei diesen verlockenden Aussichten, nicht wahr, Glennie?«

Die Angeredete war ihnen gefolgt und stand nun ganz erschöpft an die Türe gelehnt, geisterhaft blaß in ihrem dunklen, schweren Mantel. Sie war groß und kräftig gebaut, die rothaarige Schottin, mit strengen, fast abweisenden Zügen und zerarbeiteten rauhen Händen. Sie schüttelte den regennassen Mantel und setzte sich müde auf den Bettrand. Erstaunt betrachtete sie Anne. »Sie heißt Anne Lee und ist unsere neue Zimmergenossin«, stellte Nora vor. Instinktiv fühlte Anne, daß sie auch in Glennie eine Freundin finden würde, und fünf Minuten später, als sie alle drei einträchtig zum Essen gingen, fand sich Anne kameradschaftlich in der

Mitte. An der Türe des Speisesaales fragte Glennie mit todernstem Gesicht: »Haben Sie einen guten Appetit?«

»Warum?« Anne war ahnungslos. »Oh, wenn Sie Hunger haben, kann ich Ihnen den gebratenen Truthahn nur empfehlen; Menschenskind, der ist ein Leckerbissen.«

Bald sollte Anne ein Licht über Noras schallendes Gelächter aufgehen. Im Speisesaal, einem großen, kahlen Raum, hatten an zwei Reihen langer, rohgezimmerter Tische schon etwa vierzig Schwestern Platz genommen. Zwei ältliche Mädchen in gestreiften Ärmelschürzen boten geräuschlos die Platten herum. Anne setzte sich neben ihre Freundinnen, und bald wurden ihr die Speisen angeboten; wenigstens mußte sie annehmen, daß diese das Mittagessen vorstellen sollten. Wahrhaftig, eine magere, dürftige Kost für schwerarbeitende Schwestern. Die meisten aßen ganz apathisch. Unter Noras prüfendem Blick überwand Anne den aufsteigenden Ekel und versuchte alles mit Gleichmut hinunterzuwürgen.

Punkt zwei hieß es an die Arbeit gehen, und Anne stürzte sich mit wahrem Feuereifer hinein. Schon fünf Minuten vor der Zeit erschien sie auf Station C. Sie war sich bald völlig klar darüber, daß das Hepperton-Krankenhaus, wenn auch in mancher Beziehung rückständig, doch in der Vielseitigkeit der Fälle Shereford bei weitem übertraf. Sie liebte alle Zweige ihres Berufes, doch galt ihr größtes Interesse der Chirurgie. Und hier auf Station C lagen mindestens ein halbes Dutzend Operierte, lauter Fälle, die sie in Shereford wohl während zwanzig Jahren nie zu Gesicht bekommen hätte. Nicht nur das: Heute war Aufnahmetag, und ein ganzer Strom neuer Patienten flutete in die Säle. Über zwei Stunden war Anne fieberhaft beschäftigt, glühend vor lauter Begeisterung, inmitten einer Hölle von Not und Schmerzen, aber auch inmitten ungeahnter Tapferkeit und beglückenden ärztlichen Helfenkönnens.

Um fünf, als sie gerade einen Patienten mit einer schweren

Blutvergiftung frisch verband, wurde sie plötzlich aufgeschreckt durch den kategorischen Ruf: »Schwester!« Am Ende des Saales, auf der Türschwelle, stand ein elegant gekleideter junger Mann mit wunderbaren Bügelfalten und tadellosem Scheitel. »Schwester!« rief er nochmals in herrischem Ton. Anne stieg das Blut in die Schläfen. Sie legte das Verbandszeug beiseite und ging langsam auf ihn zu. »Na, wird's bald, sind Sie taub?« schnarrte er. »Wenn ich eine Schwester rufe, erwarte ich, daß sie augenblicklich reagiert. Sind Sie neu?«

»Ja«, preßte Anne heraus; sie hätte gerne mehr gesagt. »Hm«, klang es besänftigt zurück, »so wußten Sie also nicht, wer ich bin. Doktor Georg Caley, der Assistenzarzt. Das nächste Mal nehmen Sie gefälligst gleich Notiz von mir und stehen bereit, wenn ich komme.« Anne hatte ihren Stolz und wurde jetzt zornig. »Gewöhnlich stehe ich bereit«, entgegnete sie scharf, »ich hoffe, daß ich Sie bemerken werde. Soll ich etwa auch noch besonders grüßen?« Er wurde puterrot und warf ihr einen vernichtenden Blick zu. »Unterstehen Sie sich, frech zu werden! Sie tändelten ja vorhin bloß auf der Station herum und waren gar nicht bereit. Geben Sie acht, sonst verklage ich Sie höheren Orts, und der Chef wird Sie zum Tempel rausschmeißen.« Anne preßte die Lippen fest zusammen; sie durfte um keinen Preis riskieren, ihren Posten zu verlieren. Er bemerkte ihre Verlegenheit und lachte überlegen. »Eine gute Lehre für Sie, Fräulein Frechdachs, wie? Es wird nicht die einzige bleiben. Soll mir ein Vergnügen sein, mein Fräulein, Ihnen beizubringen, wie man sich auf dieser Station zu betragen hat. Achten Sie genau auf meine Anordnungen; hier Nummer fünf ist ein Patient mit schwerer Magenoperation. Heute früh hatte er leichtes Blutbrechen, der Chef ist in Sorge um ihn. Ich erwarte, daß Sie gewissenhaft auf ihn achten und mich sofort anrufen, falls er eine Blutung haben sollte. Ich bin im Parkhotel zum Tee eingeladen und dort telefonisch zu erreichen. Verstanden?« Sie rang sich wieder ein einziges Wörtlein ab. »Ja.«

»Ist das alles?« Sein eisiger Blick streifte sie. »Sie haben mich mit Doktor anzureden.«

»Jawohl, Herr Doktor.« Anne legte feierlich Nachdruck auf den Doktor. Er lachte triumphierend und stolzierte hochnäsig hinaus.

Am nächsten Tag stellte Dr. Sinclair, der Chefarzt der Abteilung, Anne ein Gesundheitsattest aus, und allmählich fand sie sich selbst wieder trotz aller Widrigkeiten. Ihre Arbeit war außerordentlich interessant, und sie lernte viel. Dr. Sinclair, ein kleiner, älterer Herr mit silbergrauem Bart, war ein ausgezeichneter Chirurg, doch fehlte es ihm an Selbstvertrauen, so daß er gelegentlich einen besonders kritischen Fall seinem Kollegen im angrenzenden Flügel überwies. Neben ihrer Arbeit auf der Station konnte Anne zu ihrer großen Freude öfters im Operationssaal assistieren; sie hatte das Zeug zu einer tüchtigen Operationsschwester, hier lagen ihre besten Fähigkeiten, die sogar Schwester Gilson manch unfreiwilliges Lob zu entlocken vermochten.

Ihre Tage waren derart mit Arbeit ausgefüllt, daß sie kaum an freie Zeit denken konnte, und ihre einzige Ausspannung waren die Briefe an Lucy, ausführliche, frohe Berichte von all ihrem Tun. Auch die sich je länger je mehr vertiefende Freundschaft mit Nora und Glennie schaffte einen wohltuenden Ausgleich zu allen Lasten und Widerwärtigkeiten des Alltags, unter denen die kleinliche Feindschaft mit Dr. Caley eine nicht geringe Rolle spielte. Und doch vermißte sie zuweilen ihre Schwester schmerzlich. Manchmal fragte sie sich zweifelnd, ob Lucy wohl je einwilligen würde, in der Armseligkeit des Hepperton-Krankenhauses zu arbeiten. Es war wohl nicht der rechte Platz für die anspruchsvolle Kleine.

Da trat gegen Ende des ersten Monats ein Ereignis ein, das

sie mit frischem Mut und mit Begeisterung erfüllte und ihrem Leben eine entscheidende Wendung geben sollte.

Am Samstagnachmittag hatte sie frei. Herrlich! Behaglich ausruhend lag Anne auf ihrem Bett, und ihre Gedanken wanderten zu dem ungewöhnlichen Genuß, der ihr an diesem Abend bevorstand: ein Theaterbesuch. Nora waren zwei Karten geschenkt worden, eine große Seltenheit, und sie wollte diese Freude mit Anne teilen. Da stürzte Glennie herein: »Schwester Gilson braucht dich, schnell, die Hölle ist los!« Und ehe Anne überhaupt zu Wort kommen konnte, sprudelte sie weiter: »Keine Angst, es ist nichts Schlimmes, ausnahmsweise mal nicht, aber eine Sensation erster Güte – Matt Bowleys Blinddarm muß heraus, ausgerechnet Matt Bowleys! Und Prescott hat ihn hierher beordert. Kannst du dir so etwas vorstellen? Der große Matt im Privatzimmer auf Station B! Aber, lieber Himmel, was schwatze ich da alles daher, und womöglich ist er jetzt schon im Operationssaal. Nur Auserwählte zum Assistieren, eine ganze Reihe. Und du hast auch die Ehre. Na, meinen Segen hast du, wenn nur ich es nicht sein muß!«

Mit gemischten Gefühlen meldete sich Anne bei der Oberschwester. Ehre hin oder her, sie war ein wenig ärgerlich. Es sollte eigentlich nicht vorkommen, daß die Schwestern wegen Personalmangels um ihre so seltene, schwerverdiente Freizeit kamen. Aber kaum war sie im Operationssaal, so vergaß sie alles und stürzte sich in die eiligen Vorbereitungen.

Offenbar handelte es sich um ein sensationelles Ereignis. Die Oberin selbst war anwesend und traf ihre Anordnungen. Außer Oberschwester Gilson waren auch die leitende Schwester von Station B, Prescotts eigene Operationsschwester und vier besonders ausgewählte Schwestern zugegen; zwei Pfleger schleppten Sauerstoffapparate herein, der Anästhesist bereitete alles zur Narkose vor... kurzum, es gab eine so angespannte Geschäftigkeit, wie sie nur entstehen kann, wenn eine unerwartete Operation schleunigst vorbereitet werden muß. Aber überraschend schnell war alles fertig und jedermann in Handschuhen und Kittel bereit.

Jetzt erschien Dr. Prescott. Schnell, fast geräuschlos kam er herein, ohne viel Wesens zu machen. Seltsam abwesend schweifte sein Blick durch den Raum, als sähe er überhaupt nichts, und doch bemerkte er alles, jede Kleinigkeit. Ein Blick genügte, und er war im Bilde.

Man hatte Anne schon viel von Prescott erzählt; gesehen hatte sie ihn noch nie. Ihr fiel sofort seine kraftvolle Erscheinung auf. Weder breitschultrig noch groß, hielt er sich sehr aufrecht. Die scharfgeschnittenen Züge zeigten einen Ausdruck großer Ruhe. Das Haar war dicht und dunkel, das Kinn fest und bestimmt. Am meisten fesselte der durchdringende, klare, fast abweisende Blick seiner stahlblauen Augen.

Er gab ein Zeichen, und Matt Bowley, schon unter dem Einfluß des Anästhetikums, wurde hereingerollt und auf den Operationstisch gelegt. Alles, was man von dem großen Matt sehen konnte, war ein Stück jodbestrichener Haut. Prescott ergriff das bereitliegende Messer und machte den ersten Schnitt.

Anne war die Luft im Operationssaal gewohnt; sie hatte in Shereford viele, von Dr. Hassal und anderen Spezialärzten geschickt ausgeführte Operationen miterlebt. Aber dies hier war etwas ganz anderes – glänzend, einmalig ... geradezu eine Wonne zuzuschauen. Mit angehaltenem Atem verfolgte sie jeden sicheren Schnitt. Als die Operationsschwester einmal das falsche Instrument reichte, hätte sie am liebsten empört aufgeschrien über einen solchen Mangel an Einfühlung. Prescott hielt nur für einen kurzen Augenblick inne, ohne überhaupt den Kopf zu heben, übersah das Instrument einfach, und das harte Aufklingen des Messers auf dem Boden war ein vielsagenderer Verweis als ein ganzer Strom von Beschuldigungen. Dann öffnete er seine behandschuhten Finger und nahm seelenruhig die gewünschte Zange in Empfang. Er sprach kein einziges Mal. Er bestand darauf, daß während einer Operation nur das Allernotwendigste gesprochen wurde. Kühl, zurückhaltend, dachte Anne, aber welch ein Chirurg. Hier war ein Stern, dem sie folgen konnte, ein Ziel, das sie schon immer gesucht.

Er war jetzt fast fertig, nur die Naht blieb noch zu machen. Noch einmal eine abwartende Pause, die Anne fast zur Verzweiflung brachte, denn Schwester Carr kam ein bißchen aus ihrer Routine. Auffordernd blickte sie die Schwester, die die Tampons zu zählen hatte, an, und eiligst flüsterte die Betreffende: »Vierundzwanzig.« – »Alles in Ordnung, Herr Doktor«, gab Schwester Carr weiter und reichte ihm die Nadel.

Anne überlief es eiskalt, und diesmal nicht vor bloßem Ärger. Hatte sie auch nur mit dem Irrigator bereitstehen müssen, so war sie doch instinktiv der Operation bis in alle Einzelheiten gefolgt. Fast unbewußt hatte sie auch die gebrauchten Tampons gezählt, und zwar nur dreiundzwanzig. Einer mußte also noch in der Wunde stecken. Sie war ihrer Sache ganz sicher. Wie gebannt starrte sie auf Prescott, der den ersten Stich tun wollte, und erkannte, daß niemand außer ihr den Fehler bemerkt hatte. Nach Berufsvorschriften hatte sie strikt zu schweigen, doch war sie sich ganz klar, daß sie hier das Gebot übertreten mußte – der glückliche Ausgang der Operation hing davon ab. Sie kämpfte einen heißen Kampf, für diesen schwierigen Schritt Mut zu fassen und dabei ihre Kollegin soweit als möglich zu schonen. Leise beugte sie sich vor, kaum bewegten sich ihre Lippen: »Schwester, es fehlt noch ein Tampon!« – »Ruhe!« donnerte Prescott sofort. Während er sich an die zweite Naht machte, suchte sein Blick die Fehlbare. Er machte eine Pause, und seine Augen blieben auf Anne haften. »Was sagen Sie?« Bleich vor Erregung begegnete Anne seinem Blick. »Verzeihen Sie, Herr Doktor, aber es sind nur dreiundzwanzig Tampons herausgenommen worden!« – »Unsinn!« Die Oberin platzte fast vor Wut über diese Kühnheit und sah Anne böse an. Prescott aber wies sie mit einer Bewegung zurück. »Die Tampons nochmals zählen«, befahl er kurz. Es waren wirklich nur dreiundzwanzig. Prescott sagte nichts. Noch einmal untersuchte er die Wunde, und sein langer Zeigefinger förderte tatsächlich den fehlenden Tampon zutage.

Einen Augenblick herrschte dumpfes Schweigen; noch nie hatte eine solche Stille den Operationssaal erfüllt. Dann führte Prescott ohne ein weiteres Wort die Operation zu Ende. »Jetzt sollte alles gutgehen«, bemerkte er zum Anästhesisten. Kein Tadel traf die Operationsschwester und ihre Gehilfin. Mit einem letzten Blick auf seinen Patienten verließ Prescott unauffällig den Saal. Auch von Anne nahm er keine weitere Notiz. Sie war überzeugt, daß er diesen Vorfall abgeschüttelt hatte wie etwas, das man am besten schnell vergißt. Sie konnte nicht wissen, daß Robert Prescott niemals etwas vergaß, das seine Arbeit und das leuchtende Ziel seines Strebens betraf.

Nach acht Wochen im Hepperton-Krankenhaus wuchs Annes Sorge um Lucy immer mehr. Sie hörte kaum noch von ihr. Auf ihre regelmäßigen Briefe fielen Lucys seltene Antworten ständig unbefriedigend aus. Ende März kam dann endlich eine überraschende Nachricht:

»Liebe Anne«, schrieb Lucy. »Es wird wohl ein kleiner Schrecken für Dich sein, wenn Du hörst, daß Joe und ich verheiratet sind. Aber ich hoffe, Du freust Dich mit uns. Bald nach Deinem Fortgehen von Shereford starb Joes Vater; das hatte ich Dir eigentlich längst schreiben wollen. Der alte Mann hinterließ ein ganz nettes Sümmchen, und Joe, der Shereford satt hatte, verkaufte das Geschäft. Er wollte mich absolut heiraten und hoffte, in London ein neues Unternehmen zu gründen. So gab ich schließlich nach, und wir zwei brannten nach London durch und heirateten schnell. Ich bin sehr, sehr glücklich. Joe ist ein guter Kerl. Er ist einer Autotransportgesellschaft beigetreten, die gute Geschäfte verspricht. Wir haben ein herziges Haus in Muswell Hill gemietet, und ich habe es wirklich wunderschön. Es ist einfach herrlich, Vorhänge, Möbel, Teppiche und vieles andere mehr für den eigenen Haushalt zu kaufen. Zur Hochzeit schenkte mir Joe den kostbarsten Silberfuchs (kostbarsten war dick unterstrichen) und auch ein mit allem Notwendigen ausgestattetes Reisenecessaire. Einfach süß ist das!

Ich weiß, es wird Dich sehr bekümmern, daß ich meine Schwesternarbeit aufgab, besonders nach allem, was Du für mich getan hast (dies war auch unterstrichen), aber Du wirst froh sein, daß ich mein Diplom doch noch bekam und es für jeden Fall mitgenommen habe. So habe ich Dich doch nicht völlig enttäuscht, nicht wahr? Komm doch bald mal zu uns. Unsere Adresse ist: Sieben Elthreda Avenue, London N. Zehn.

Nachschrift: Joe schickt herzliche Grüße.«

Ganz benommen und enttäuscht legte Anne den Brief beiseite; es schmerzte sie tief, daß ihr Opfer umsonst gewesen sein sollte und daß nun alle schönen Pläne für ein Zusammenarbeiten mit Lucy ins Wasser fielen. Sie mußte lächeln, wenn sie dachte, daß Joe noch vor geraumer Zeit sie hatte heiraten wollen. Er war Wachs in den Händen jeder Frau, der gute Joe. Aber am Ende war diese Heirat gar nicht so übel für ihn, weder für ihn noch für Lucy. Und plötzlich kam ein großes Verlangen über Anne, die beiden wiederzusehen. Vorerst schickte sie ein Glückwunschtelegramm und bat dann die Oberin um ein freies Wochenende. »Ein Wochenende?« Die Oberin schlug die Hände über dem Kopf zusammen. »So etwas ist mir wirklich noch nicht vorgekommen. Wohin wollen Sie denn?«

»Nach London.«

»Natürlich, dacht' ich mir's doch. Ihr jungen Leute habt nichts anderes im Kopf, als euch in London zu amüsieren. Dummes Zeug! Wo bleibt die Disziplin, wenn man solche Flausen im Kopf hat!«

»Ich möchte nur meine Schwester besuchen, sie hat gerade Hochzeit gehabt.«

»Nein, nein, ganz ausgeschlossen«, endete die Oberin schnell, »ich kann Sie zur Zeit einfach nicht entbehren. Vielleicht läßt es sich später einmal einrichten.«

Anne stürzte sich wieder in ihre Arbeit. Sie war ein wenig unglücklich und empfand die Absage der Oberin als ungerecht. Tapfer kämpfte sie eine leise aufsteigende Bitterkeit nieder. Auf der Station fand sie ausgerechnet Dr. Caley vor; er war in einem Zustand aufgeblasener Selbstzufriedenheit, der ihr stets Unheil ankündigte. Ein Nichts war er, dieser Herr Caley, den man irgendwie durch seine medizinischen Examina geschmuggelt hatte. Er war verlobt mit der Tochter eines ortsansässigen Arztes, und die Heirat würde ihm eine günstige Partnerschaft mit seinem Schwiegervater bringen. Ein großes Glück war es für ihn und dazu ein gutes Geschäft. Natürlich hing ihm der Himmel voller Geigen, und jeder, der nicht auf seinen Gemütszustand einging, war sein erklärter Feind. Anne aber haßte er geradezu.

»Schwester Lee«, hatte er gleich zu nörgeln, »dieses Buch fand ich auf der Frauenabteilung bei Nummer neunzehn.« »Ja, Herr Doktor«, sie versuchte beherrscht zu bleiben, »ich gab der Kranken das Buch.«

»Aber Sie wußten doch, daß Nummer neunzehn nicht lesen sollte, es regt sie zu sehr auf, sie ist zu schwach.«

»Ja, sie ist allerdings sehr elend, Herr Doktor«, Anne bemühte sich, ehrerbietig zu sprechen, »sie ist sogar todkrank, eine Sterbende, nicht wahr? Lesen ist das einzige, das ihr ein wenig über die furchtbaren Schmerzen hinweghilft. Sie bat mich flehentlich um das Buch.«

»Ob sie bat oder nicht bat, das ist mir ganz egal. Ich finde es nicht gut für sie, damit basta. Sie folgten meinen Anordnungen nicht. Passiert das noch einmal, werde ich es sofort Herrn Doktor Sinclair melden.«

Anne war klug genug, keinen Einspruch zu erheben. »Jawohl, Herr Doktor.« Enttäuscht fixierte er sie und suchte nach einer anderen Möglichkeit, sie seine Überlegenheit so recht fühlen zu lassen. Schließlich rückte er mit einer neuen Verordnung heraus: »Vergessen Sie nur nicht, dem Patienten Nummer fünfzehn, dem Phlebitis-Fall, sein Mesonyl zu geben, um neun Uhr fünf Tabletten.«

Sie starrte ihn entgeistert an. Seine Unwissenheit gab ihn völlig in ihre Hand. »Fünf Tabletten?« vergewisserte sie sich.

»Ja, ja, fünf Tabletten.«

Sie konnte ihre Verachtung kaum verbergen. Schon wandte er sich zum Gehen, doch hielt ihn ihr Blick mit nicht mißzuverstehender Geringschätzung zurück.

»Die Maximaldosis von Mesonyl ist eine halbe Tablette«, sagte Anne. Er wurde bis über die Ohren rot, wie ein ertappter Schuljunge, versuchte aber dummerweise, sich noch aufzuspielen.

»Was erdreisten Sie sich eigentlich? Wie können Sie überhaupt von Sachen reden, die Sie gar nicht verstehen? Sicherlich haben Sie noch nie von Mesonyl gehört...«

»Natürlich kenne ich Mesonyl«, sie lächelte mitleidig, »fünf Tabletten würden den Tod des Patienten bedeuten.«

»Wieso?« stotterte er. Sie überzeugte ihn mit Tatsachen. »...und überhaupt verordnete Herr Doktor Sinclair nur eine Vierteltablette! Falls Sie mir nicht glauben wollen, schauen Sie die Krankentabelle von Nummer fünfzehn nach; Herr Doktor Sinclair hat die Eintragungen persönlich gemacht.«

Jetzt war er ganz fassungslos, wie aus den Wolken gefallen, und sie benützte die Gelegenheit, ihm noch einen empfindlichen Stoß zu geben. »Sie wollen doch sicher nicht, Herr Doktor, daß ich Nummer fünfzehn eine tödliche Dosis gebe, selbst wenn Ihr Befehl so lautete, nicht wahr, Herr Doktor?« fragte sie nachdrücklich. Und die Art, wie er zur Türe hinausschlich, söhnte sie ein wenig aus mit all der Ungerechtigkeit und kleinlichen Boshaftigkeit, die sie durch ihn auszustehen hatte.

Lucys Brief und der Vorfall mit Caley hatten sie die sensationelle Operation fast vergessen lassen; an die Rolle, die sie dabei gespielt, dachte sie überhaupt nicht mehr, bis ihr eines Tages die Stationsschwester mitteilte, daß Matt Bowley sie zu sprechen wünsche. Schwester Gilson schätzte Anne sehr; da war doch eine Arbeitskraft, auf die sie sich verlassen konnte. »Kein so bestürztes Gesicht, Kindchen«, meinte sie, »fressen wird Bowley Sie ja nicht gerade.«

Etwas verlegen folgte Anne dem Ruf. Bowley bedeutete ihr nicht mehr als irgendein anderer Patient auf dem Operationstisch. Weiter kannte sie ihn nicht. Zögernd klopfte sie an seine Türe. »Herein.« Das Zimmer, an sich armselig wie alle in diesem Spital, hatte sich förmlich gewandelt; Blumen überall, herrliche, kostbare Blumen. Neben dem Bett ein Radio und eine Schale köstlicher Früchte auf dem Tisch. Matt Bowley, ein schwerfälliger, ungeschliffener Geselle in den Vierzigern, schüttelte ihr kameradschaftlich die Hand. Sein gutmütiges Gesicht trug die Spuren einer bewegten Vergangenheit. Prüfend überflog sein Blick ihre Gestalt. »Morgen werde ich entlassen, Schwester Lee. Ich mußte doch unbedingt vorher einmal Ihr Gesicht sehen, ein recht hübsches Gesicht übrigens.« Anne errötete. Mit geheimnisvoller Stimme fuhr Bowley fort: »Wahrhaftig, ich will nicht aus der Schule plappern, aber mein kleiner Finger flüsterte es mir ins Ohr, und darum darf ich's ruhig verraten, daß nämlich Matt Bowley von mehr Nutzen ist ohne diesen vergessenen Wattebausch in seinem Bauch, meinen Sie nicht auch?«

»Gewiß, das meine ich auch.« Anne nickte schelmisch. Er freute sich an ihrer Natürlichkeit. »Sie sind geradeso vernünftig wie schön, liebes Kind, und das schätze ich sehr bei einer Frau.« Er war unwiderstehlich in seiner Harmlosigkeit, man konnte ihm nicht böse sein. »Noch mehr aber schätze ich das bei einer Krankenschwester. In Krankheitstagen hat man gerne ein frohes, sonniges Menschenkind um sich und nicht eins, das Trübsal bläst.«

Die kleine Uhr auf seinem Nachttisch tat drei leichte, helle Schläge. Ein Seufzer entfuhr ihm. Er ließ ihre Hand los. »Schade, am liebsten würde ich den ganzen Nachmittag mit Ihnen verplaudern, doch leider erwarte ich zwei Rechtsanwälte, zu dumm.« Bedauernd wies er auf den Riesenberg von Briefen auf seiner Bettdecke. »Aber nur keine Bange, wir sehen uns nicht zum letztenmal. Ich gehöre nicht zu denen, die eine gute Tat schnell vergessen. Einstweilen aber möchte ich Ihnen eine kleine Freude machen – hier – ein kleines Andenken an den vergessenen Wattebausch.« Verschmitzt überreichte er ihr ein geschmackvoll eingewickeltes Päckchen. »Kein Wort, bitte, Sie können mir später danken; jetzt gehen Sie nur schnell.«

Mit einem Glücksgefühl im Herzen verließ Anne das Zimmer. Die freundliche Anerkennung tat ihr wohl. Nur Prescott konnte Bowley von dem vergessenen Tampon berichtet haben. Halt, sie mußte doch gleich einmal in das verheißungsvolle Paket gucken, und neugierig löste sie das Band. Das Geschenk entpuppte sich als eine wunderbare Handtasche. Entzückt betrachtete sie sie von allen Seiten. Aber bei einem Blick in die Innentasche verschwand mit einem Mal die Freude aus ihrem Gesicht – in der kleinen Geldtasche steckte eine Zehnpfundnote. Oh, wie schade. Das entwertete in ihren Augen, was sie für ihn getan hatte. Sie kam sich vor wie ein Dienstbote, der ein Trinkgeld bekommen hat. Sie mußte ihm einfach das Geld zurückbringen. Schon wollte sie umkehren, als eilige Schritte näher kamen. Es war Prescott. Sie schämte sich, mit einem Geldschein in der Hand dazustehen. Wußte Prescott schon von Bowleys Absicht? Oder war es sein erstaunliches Einfühlungsvermögen, das ihn die Situation sofort erfassen ließ? »Bowleys Freigebigkeit bringt einen immer in Verlegenheit. Ich empfinde es jedenfalls so, wenn er mir mein Honorar anbietet.« Diese schlichten Worte rückten alles ins rechte Licht. Anne zögerte noch: »Ich möchte dieses Geld lieber nicht annehmen, Herr Doktor.«

»Unsinn, jede Arbeit ist ihres Lohnes wert – besonders das gewissenhafte Nachzählen von Tampons bei einer Operation. Ohne fähige Schwestern ist selbst der beste Arzt hilflos. Daran denken die wenigsten Leute. Wenn ich Ihnen je helfen kann, sollte es mich freuen. Demnächst findet ein Kurs für fortgeschrittene Pflegerinnen statt; vielleicht hätten Sie Interesse, daran teilzunehmen. Ich will Ihnen Lehrbücher geben; Arbeitseifer im Hepperton-Krankenhaus fördere ich nur zu gern.«

Ermutigt kehrte Anne auf ihre Station zurück. Es war etwas in Prescotts Wesen, das sie innerlich anfeuerte. Das Geldgeschenk lag ihr trotz allem schwer auf dem Herzen, und nach langem Überlegen beschloß sie, Joe und Lucy davon ein schönes Hochzeitsgeschenk zu kaufen.

Die Verpflegung der Schwestern verschlechterte sich ständig, und eines Tages beschloß man zu protestieren: Nora, Anne und Glennie, Schwester Dow und Schwester Todd – zwei tapfere Gemüter, die sich Anne sehr angeschlossen – und ein paar andere intelligente Gefährtinnen überlegten, was am besten zu tun wäre.

»Etwas müssen wir tun. Geschieht nicht bald etwas, dann gibt's einen Mordskrach!« erklärte Schwester Dow.

»Was aber sollen wir bloß machen?« Schwester Todds Stimme klang nicht gerade hoffnungsfreudig.

»Was wir tun werden? Nun, etwas ganz Gescheites«, rief Nora heftig. »Wir werden sie so blamieren, daß sie uns einfach besser ernähren müssen. Ich habe in der letzten Zeit einen Plan ausgeheckt, hört zu: Wir weigern uns einfach, ihren Fraß zu essen. Kaufen uns selbst etwas. Kein Bröckchen wird morgen mittag heruntergewürgt. Hernach holen wir bei Gibbs im Laden drüben Biskuits und Käse und Bananen und verspeisen alles unter dem Fenster der Oberin. Meines Wissens ist das nicht verboten. Und wenn wir das mal acht Tage hintereinander gemacht haben... wollen wir doch sehen, ob die alte Dampfwalze nicht drauf einsteigt.«

Noras Vorschlag wurde mit großem Beifall aufgenommen. Nur Anne war überzeugt, daß nicht viel dabei herauskommen würde. Ein Gedanke schoß ihr durch den Kopf – Prescott alles zu sagen. Doch sie kannte ihn ja noch kaum, er könnte es mißverstehen. Zudem war es gar nicht seine Sache, hier einzuschreiten. Anne sah klar, daß der Fehler am ganzen System lag und daß die Angelegenheit eigentlich vor die oberste Instanz gehörte.

Am nächsten Mittag ließen also die neun Rebellen das Essen einfach unberührt stehen. Niemand schien Notiz davon zu nehmen. Schwester Lucas, die die Oberaufsicht im Speisesaal hatte, erschien überhaupt nicht. Um halb zwei zogen dann die revolutionären Gemüter zu Gibbs, dem kleinen Laden gerade gegenüber dem Krankenhaustor, und machten ihre Einkäufe; Biskuits, Schokolade und Obst. Kauend kehrten sie zurück und beendeten ihr improvisiertes Mahl, scherzend und lachend gerade unter dem Wohnzimmerfenster der Frau Oberin. Leider beschworen sie damit noch keine Sensation herauf, aber Schwester Todd meinte gleichmütig:

»Auf jeden Fall haben wir etwas Besseres in uns hineingesteckt.« Nora ließ vorsorglich eine Bananenschale auf dem betreffenden Fenstersims zurück.

Anscheinend hatte dieser erste Aufzug überhaupt keinen Eindruck gemacht, bemerkt worden war er aber auf jeden Fall. Das nächste Mittagessen brachte schon ein greifbareres Resultat. Um Punkt ein Uhr erschien Oberschwester Lucas im Speisesaal, und als die neun wieder fasteten, fuhr sie Nora vorwurfsvoll und streng an: »Warum essen Sie nicht?«

»Ich habe keinen Hunger.«

»Was soll das heißen?« Schwester Lucas war ganz beleidigte Autorität. »Das Essen ist ausgezeichnet.«

»Wie können Sie das beurteilen?« warf Glennie trocken dazwischen, »ihr Oberschwestern bekommt doch was ganz anderes.« Schwester Lucas wurde dunkelrot. »Keine Anzüglichkeiten, bitte. Wenn Sie nicht essen, werde ich es der Oberin melden.«

»Handeln wir etwa gegen die Hausordnung, wenn wir keinen Hunger haben?« fragte Anne mit Unschuldsmiene.

Heimlicher Jubel herrschte unter den neun, als sich die Oberschwester wortlos entfernte. Dann futterte man wieder die bei Gibbs gekauften Herrlichkeiten, und diesmal ließ Nora gleich zwei Bananenschalen auf dem Fenstersims der Frau Oberin zurück.

Drei Tage ging das so hin. Die oberste Instanz schien zu hoffen, daß sich der Aufruhr legen würde. Aber die Rebellen hatten sich geschworen, auf keinen Fall nachzugeben. Da erschien am Freitag die Oberin persönlich. Sie kam völlig unerwartet, eine imponierende Erscheinung in ihrem Oberinnenkleid und der blütenweißen Haube. Mit unbewegtem Gesicht und fest zusammengepreßten Lippen schwebte sie gleichsam auf einer Wolke unnatürlichen Schweigens durch den Raum. Die neun überlief doch ein gelindes Gruseln, als sie vor ihren unberührten Tellern haltmachte.

Das Schweigen wurde noch beklemmender; weder das Klappern eines Tellers noch das Klirren einer Gabel waren zu hören in dem gewöhnlich mit lauter Unruhe erfüllten Speisesaal. Die Oberin stand jetzt vor Anne. »Wollen Sie keinen Fisch essen?« Anne erhob sich respektvoll bei dieser an sie gerichteten Frage. »Nein, danke, Frau Oberin.«

»Warum nicht?« Ein ahnungsvoller Schauer überflog die neun; eine freche Antwort, eine direkte Klage über das Essen oder seine Zubereitung wäre verhängnisvoll gewesen für sie alle, hätte vielleicht sogar zu ihrer Entlassung geführt. Anne aber schoß ein glücklicher Gedanke durch den Kopf: »Weil mir das, was ich mir selber kaufe, besser schmeckt, Frau Oberin«, antwortete sie in höflichem Ton.

Das war die rechte Antwort, und die Verschworenen fielen ihr später um den Hals vor Erleichterung; die Oberin stand ganz verblüfft da. Sie war auf eine unverschämte Antwort gefaßt gewesen, diese höfliche Anspielung jedoch nahm ihr den Wind aus den Segeln. Sie verlor aber keineswegs ihre Fassung wie Schwester Lucas. Lange und eindringlich schaute sie Anne an, wortlos beendete sie dann ihre Runde um den Tisch mit der gleichen hoheitsvollen Ruhe und schwebte würdevoll hinaus.

Die meisten dachten, sie hätten gewonnen. »Wir haben sie in Trab gebracht«, triumphierte Nora, »nun wird sie einfach etwas tun müssen.«

Anne schüttelte besserwissend den Kopf: »Ich fürchte allerdings, daß sie etwas tun wird...« Und sie behielt recht; am anderen Morgen war am Schwarzen Brett ein Zettel angeschlagen:

»Hiermit ist den Schwestern untersagt, das Krankenhaus zwischen zwölf und zwei Uhr zu verlassen. Auch darf keine Schwester ohne besondere Erlaubnis Eßwaren hereinbringen. Elizabeth East.«

Nora war ganz niedergeschlagen. »Na, dann werden wir wohl oder übel verhungern oder ihr schreckliches Essen weiter schlucken müssen.«

Sie schluckten es.

Trotz ihrer Beteiligung an diesem kurzlebigen Hungerstreik wurde Anne seltsamerweise die Bitte um ein freies Wochenende nicht abgeschlagen. Die Oberin war nicht bewußt ungerecht. Ihre eigenen Schwierigkeiten im Hepperton-Krankenhaus wuchsen ihr fast über den Kopf; fortgesetzt wurde sie vom Vorstand geplagt, und ein strenges Regiment erschien ihr das einzig Wirksame. Doch war sie einsichtig genug, den Wert einer fähigen Krankenschwester nicht zu unterschätzen. Schon allein aus diesem Grunde wollte sie Anne Lee nicht übermäßig streng behandeln. Und so bekam Anne Anfang Mai die Erlaubnis für ein Wochenende in London.

Es war ein herrlicher Tag, als Anne den Zug nach London bestieg, voller Erwartung und Freude auf das Wiedersehn mit der geliebten Schwester und dem alten Jugendgespielen. Von Freitagnachmittag bis Montagmorgen frei! Ganz unwahrscheinlich lange Ferien. Sie genoß den wiegenden Rhythmus des durch die sonnige Welt dahineilenden Zuges und fand das Leben wunderschön. In diesen letzten Wochen hatte sie viele

Freunde gewonnen. Trotz der fast überwältigenden Arbeitsfülle und mancherlei Widrigkeiten war sie gerne im Hepperton-Krankenhaus; sie fühlte, daß sie beruflich vorwärtskam. Vierzehn Tage hatte sie jetzt Prescott bei seinen Operationen assistieren dürfen. Wie anregend und spannend war das doch jedesmal. Es war begeisternd, seiner erstaunlichen Geschicklichkeit zuzuschauen, besonders bei solchen Fällen, denen seine besondere Vorliebe galt, wie Läsionen des Zentralnervensystems oder des Gehirns. Oft ertappte sie sich dabei, daß sie an ihn dachte, an seine geschickten Hände, die so sicher und kühn das Instrument an der unmittelbaren Grenze zwischen Leben und Tod zu führen verstanden.

Leider war Lucy nicht selbst an der Bahn, um sie abzuholen. Aber da stand ja auch schon in einem Gewimmel von hundert anderen der richtige Omnibus, und bald war Anne in Muswell Hill, Elthreda Avenue. Ihr Herz klopfte stürmisch, als sie die Stufen von Nummer sieben hinaufstieg. Ein kurzes Klingeln, dann ein Freudenschrei – hinter dem schmucken Hausmädchen tauchte Lucy auf. Sie schien ein wenig rundlicher und sah sehr elegant aus. Wie kindlich-stolz war sie doch auf ihr hübsches Haus, die schönen, glänzend polierten Möbel, ihr neues Mädchen. Sie wollte natürlich mit allem Ehre einlegen.

Kaum hatten sich's die Schwestern in dem kleinen Salon bequem gemacht, als das Mädchen auch schon den hübsch gedeckten Servierwagen hereinschob. Lucy hatte ihr schönstes Porzellan hervorgeholt und schenkte nun Anne eifrig Tee ein. Dabei plauderte sie unaufhörlich von ihrem Tun und Treiben, den neuen Nachbarn – wirklich sehr netten Leuten –, von Theater- und Kinobesuchen, und hatte keine Ruhe, bis sie später Anne das ganze Haus zeigen konnte. Über alles mußte die Schwester ihr Urteil abgeben, von der Bettwäsche bis zum Abendkleid. Fast mußte Anne lachen, doch dazu hatte sie Lucy zu lieb.

»Es ist alles herrlich, Kleines, wirklich ganz wunderschön.« Anne legte den Arm um sie. »Ich bin ja so froh, daß du glücklich bist. Es muß Joe geschäftlich sehr gut gehen, daß er dir ein solch schönes Heim bieten kann.« Lucy nickte bejahend. »Wir haben Glück gehabt. Joe ist Teilhaber von Tedd Grein, Autotransporte. Eine ganz große Gesellschaft. Tedd Grein ist ein feiner Mensch. Sie befahren die Strecke London–Bristol–Cardiff–Manchester. Da kommt mir übrigens gerade eine glänzende Idee: Du fährst natürlich nicht mit deinem langweiligen Zug zurück, sondern mit unserem Wagen. Tedd Greins Transport AG wird die Transport-Gesellschaft der Zukunft sein. Tedd hat sie schon ein paar Jahre in Betrieb. Es war eine glänzende Gelegenheit für Joe, sein Geld dort anlegen zu können. Es wird sich rentieren. Ja, du, deine kleine Schwester ist dabei, reich zu werden.«

Sie wurden durch Joe unterbrochen, der gerade vom Geschäft heimkam. In seiner alten ungelenken, verlegenen Art begrüßte er Anne, schüchtern und doch mit spontaner Herzlichkeit. Anne war ein wenig erschrocken über die Veränderung, die mit ihm vorgegangen; es mochte auch an seiner dunklen Geschäftskleidung liegen, die ihn auffallend bleich erscheinen ließ. Aber nervös war er, und eine scharfe Falte, die früher nicht dagewesen, grub sich zwischen seine Brauen.

»Ach, herrlich, Anne, du bringst uns erfrischende Luft aus dem Norden mit.« Er lachte gezwungen. »Wie gerne würde ich mir mal wieder den kräftigen Seewind um die Nase wehen lassen.«

»Ach was, Joe, rede doch nicht so, das ist ja Unsinn«, fiel Lucy ein. »Unsinn oder nicht, Mädel, so ist mir eben zumute. Ich gäbe was drum, könnte ich noch einmal in meinem drekkigen Arbeitskittel in meinem alten Sedan sitzen und die Hafenstraße entlangsausen.« Lucy stieg das Blut zu Kopf. »Also lieber ewig Chauffeur sein?« fragte sie spitz. »Ich bin

Chauffeur«, betonte Joe mißmutig, »und ein besonders guter, falls du das noch nicht wissen solltest.«

Ein Streit schien ausbrechen zu wollen, doch nahm sich Lucy zum Glück zusammen. »Mag es sein, wie es will, nur mußt du dich jetzt schnell umziehen, wir müssen noch vor sieben Uhr fertig sein.« Widerwillig begehrte er auf: »Schon wieder ausgehen?«

»Ja, wir wollten doch ins Theater, Anne einen schönen Abend machen...« Lucy biß sich auf die Lippen. Wieder lag eine unangenehme Spannung in der Luft und verursachte Anne Mißbehagen.

»Offen gesagt, meinetwegen solltet ihr wirklich nicht gehen, ich bliebe viel lieber zu Hause, um das Zusammensein mit euch ungestört zu genießen.«

»Wir gehen ins Theater, basta«, erklärte Lucy nachdrücklich, worauf Joe es für ratsamer hielt, schleunigst zu verschwinden.

Ein kleines unbedeutendes Lustspiel ging über die Bühne. Anne fand es schauderhaft, Lucy hatte überhaupt nichts dazu zu sagen, da sie viel zu sehr beschäftigt war, ihrer Schwester allerlei Berühmtheiten zu zeigen, und Joe überwand seine Müdigkeit, indem er öfter in der Bar verschwand, um sich zu erfrischen, so daß er am Ende der Vorstellung ziemlich angeheitert war.

Am anderen Morgen, Samstag, setzte Lucy erbarmungslos ihr Programm fort und zog Anne im Wirbel und Trubel der Oxford Street von einem Geschäft zum andern. Anne hatte den Eindruck, als hätte die Ehe Lucy eher selbstsüchtiger und unnachsichtiger gemacht; sie war von beinahe fieberhaftem Tätigkeitsdrang erfüllt. Das bedrückte Anne. An diesem Abend aßen sie in einem Restaurant in der Regent Street zu Abend. Joes Partner, Mr. Grein, war dazu eingeladen. Er war Anne von Anfang an zuwider. »Na, ich wette, ihr Krankenschwestern schaut dem Leben schön hinter die Kulissen«, begrüßte er sie. Dieser dicke, aufdringliche Angeber war ihr einfach unsympathisch. Er war so übertrieben höflich und konnte einem nicht gerade in die Augen sehen. Als Joes Gast spielte er selbst den Gastgeber, bestellte das Essen, den Wein, und Lucy erklärte noch bewundernd: »Tedd weiß Bescheid, er ist immer die Seele von allem.« Beide Männer tranken viel; Tedd blieb ganz nüchtern, während Joe beim Bezahlen der Rechnung nicht mehr Herr seiner selbst war.

Der Sonntag verlief gemütlicher. Lucy war zu übermüdet, um zu nörgeln, als Joe in Hemdsärmeln erschien, und bald waren alle drei in Erinnerungen an frühere Zeiten in Shereford vertieft, und fröhliches Lachen ertönte. Das Mädchen hatte seinen freien Nachmittag, und Joe, noch immer hemdsärmlig und in Pantoffeln, bestand darauf, das Abendessen zu richten. Ein kleines Abendessen nach nordenglischer Art: Eier mit köstlichem Schinken. Und in dieser traulichen Atmosphäre stieg zum ersten Male in Anne die Hoffnung auf, die beiden seien im Grunde doch noch die alten, und ihre Ehe könnte vielleicht noch glücklich werden.

Leider hieß es am gleichen Abend Abschied nehmen. Wie schnell war doch die Zeit vergangen. Es half alles nichts; Montag früh, Punkt zehn Uhr hatte Anne wieder auf ihrem Posten zu sein. Es half auch nichts, sich gegen Lucys und Joes Wunsch zu wehren, einen Autobus der Transportgesellschaft zu benützen. »Aber ich habe ja schon meine Rückfahrkarte«, protestierte sie. »Die läßt du dir eben in Manchester zurückzahlen; hier hast du freie Fahrt, liebe Anne. Du würdest uns beleidigen, wolltest du das nicht annehmen.«

Und so begleiteten die beiden ihren lieben Gast bis zum Trafalgar Square, wo kurz vor acht Uhr der blaugelbe Autobus vorfuhr. »Was für ein riesiger Wagen«, staunte Anne. »Kein Wunder, daß ihr stolz darauf seid.«

»Ja, er kann sich sehen lassen«, meinte Joe schmunzelnd und musterte den Bus kritisch. »Ist auch gerade aufgefrischt, das Ungetüm, und hat eine Menge Geld gekostet. Das ist das Dumme bei diesen Dingern, kaum hat man sie, sind sie schon wieder aus der Mode.« Er wechselte noch ein paar Worte mit dem Fahrer, einem gescheit aussehenden jungen Mann in weißem Mantel und Schirmmütze, und kam befriedigt zurück.

»Steig ein, Anne, es ist Zeit zur Abfahrt. Vollbesetzt heute abend – ein gutes Geschäft das.« Er strahlte. »Nichts stimmt einen Busunternehmer trübseliger als ein leerer Wagen.« Anne küßte Lucy, schüttelte Joe die Hand und stieg ein. Der Wagen zog an, und bald waren die winkenden Gestalten ihren Augen entschwunden.

Die Vororte der Stadt lagen in tiefer Dunkelheit, als sie in den Verbindungsweg zur Great North Road einbogen. Leicht und sicher glitt der Wagen dahin, doch Anne, die steif und gerade auf ihrem Polstersitz saß, beschlich ein leises, sehnsüchtiges Gefühl nach ihrem Dritterklasseplatz im Zug. Dort hätte sie sich ausstrecken und ein wenig schlafen können. Hier konnte man nur ein bißchen einnicken und dösen.

Um zehn Uhr machten sie halt, um sich in der Nähe von Stevenage in einem kleinen Restaurant mit heißem Kaffee und Brötchen zu erfrischen. Trotz leichtem Regen und Nebel stiegen die meisten Mitfahrenden aus – lauter ordentliche kleine Leute. Anne bemerkte auch eine Frau mit drei Kindern. Dann ging es weiter. Trotz Rütteln und Rattern nickte sie ab und zu ein. Die Stunden verstrichen. Gegen fünf Uhr gab sie sich einen energischen Ruck, froh, bald am Ziel zu sein. Um sechs sollten sie in Manchester ankommen. Sie rieb die regennasse Fensterscheibe blank und schaute hinaus. Es war noch ziemlich dunkel draußen, aber sie konnte doch sehen, daß es in Strömen goß. Die Straße schien ihr eine dunkelglänzende Bahn, über die die Räder mit beharrlich zischendem Laut rollten. Gelegentlich polterten schwere Lastwagen an ihnen vorbei.

Anne öffnete ihren Handkoffer und nahm eine Flasche Eau de Cologne heraus. Sie war gerade dabei, sich Stirn und Schläfen zu reiben, als der Wagen plötzlich, ganz ohne ersichtlichen Grund, scharf bremste und anfing zu schleudern. Ungefähr fünfzig Meter schlingerte der schwere Wagen wie hilflos weiter, und gleichzeitig merkte Anne, daß der Fahrer die Kontrolle über ihn verloren hatte. Ehe sie aufschreien konnte, schwankte das Ungetüm zur Seite und rutschte die zehn Meter steile Böschung hinab. Eine mächtige Ulme war im Wege. Ein grauenhafter Lärm von zersplitterndem Holz, klirrendem Glas, sich biegendem Metall, das Rasseln des freilaufenden Motors, eine laute Explosion – und der Wagen überschlug sich. Eine hohe Stichflamme schoß aus der halbvergrabenen, verbeulten Motorhaube.

Anne war wie betäubt vor Schreck. Den ersten Stoß hatte sie gespürt, als der Wagen den Baum streifte. Glassplitter mußten sie irgendwie verletzt haben, denn Blut lief ihr über die Stirne in den Mund. Es war, als wollten ihr die Sinne schwinden. Das Schreien ihrer Nachbarin riß sie aus ihrer Betäubung. Verwirrt dachte sie: »Ich muß irgendwie hinaus, es ist meine Pflicht, zu helfen.«

Mit qualvoller Anstrengung zwängte sie sich aus ihrem Sitz und versuchte, den ganz verbeulten oberen Teil des Wracks zu erreichen. Sie fand ein zerschmettertes Fenster, kroch hindurch und glitt an der Wagenseite hinab. Sie fiel auf Hände und Knie ins nasse Gras, gleich neben den Fahrer, der halb betäubt, das Gesicht in den Händen vergraben, dasaß. »Sind Sie verletzt?«

»Ich weiß nicht, ich weiß nicht, wie es kam, ich wurde hinausgeworfen. Es ist bestimmt nicht meine Schuld, die Bremsen versagten..., ich versuchte...«

»Genug, genug, helfen Sie die Verwundeten herausschaffen, die sonst noch lebendig verbrennen«, rief Anne.

Die eingeschlossenen Frauen schrien hysterisch, Kinder wimmerten. Anne half ihm aufzustehen. Flammen schossen jetzt aus dem vorderen Teil des Wagens, beißender Geruch von heißem Metall und brennendem Holzwerk erfüllte die Luft. »Der Notausgang ist hinten«, keuchte der Fahrer. Sie rissen beide mit vereinter Kraft an der Türe, sie schien verbogen. Endlich gab sie nach, und schon fiel jemand heraus. »Mein Gott«, der Mann rang nach Luft, »ich dachte, wir müßten ersticken, die Türe klemmte!«

»Helfen Sie uns«, rief Anne ihm zu, »schnell, helfen Sie uns, die anderen herauszubringen.« Mit den beiden Männern kletterte sie in den Wagen und versuchte, die Verletzten zu bergen. Sie übersah sofort die ganze Tragweite des Unglücks. Viele der Reisenden waren nicht bei Bewußtsein und einige so schwer verletzt, daß sie nur auf Tragbahren hätten transportiert werden können: Brüche, Muskelrisse, schwere Schädelverletzungen.

Es war grauenvoll im strömenden, alles durchdringenden Regen und bei der Dunkelheit, die durch die immer mehr um sich greifenden Flammen gespenstisch erhellt wurde. Annes Erfahrung war längst nicht hinreichend, und doch mußte sie handeln. Sie nahm all ihren Mut, ihre Kraft, ihre Fähigkeiten zusammen.

Die Schwerverletzten wurden, einer neben dem anderen, am Abhang im Schutze eines mächtigen Baumes gebettet. Eine hysterische Frau rannte davon. »Gottlob ist sie wenigstens unverletzt«, dachte Anne und ließ sie laufen. Nun hob sie ein kleines Mädchen heraus; es war bleich wie der Tod. Eine Arterienblutung. Anne riß ihr Halstuch herunter und band schnell den verletzten Arm ab. Dann kam ein alter Mann, stöhnend vor furchtbaren Schmerzen – die eine Hand zu einer unkenntlichen Masse zerquetscht. »Das ist der letzte«, rief der Fahrer Anne zu, »alle sind jetzt draußen«, und dann verlor er das Bewußtsein.

In diesem Augenblick kam der erste Milchwagen klappernd die Straße entlanggefahren und bog mit einem Ruck in den gegenüberliegenden Feldweg ein. Anne rief so laut sie konnte den Fuhrmann an, einen halbwüchsigen Burschen, der schreckensbleich herüberstarrte. »Wie weit sind wir von Manchester?« Er kam näher. »Etwa fünfundzwanzig Kilometer«, stotterte er fassungslos angesichts der Schreckensszene. »Wohnt in der Nähe ein Arzt?«

»Herr Doktor Hay, im letzten Dorf, fünf Kilometer zurück.« Anne packte seinen Arm. »Höre, fahre so schnell du kannst zu diesem Dorf zurück, hole Doktor Hay und telefoniere nach Krankenwagen. Und«, es kam ihr ein guter Gedanke, denn nicht alle Verletzten waren transportfähig, »ruf auch Doktor Prescott in Manchester an, seine Nummer ist Park 4300. Er möchte sofort herauskommen.«

Der Bursche wollte schon gehen, als sie ihn zurückhielt. »Noch eins, gibt es ein Haus hier in der Nähe?«

»Rodney Farm, etwa einen halben Kilometer weit.« Er wies auf eine Baumgruppe. »Dort liegt die Farm, dort arbeite ich.« Sie nickte und trieb ihn zur Eile. Dann wandte sie sich an einen der Leichtverletzten. »Bitte, gehen Sie zu dieser Farm. Schildern Sie dort, was geschehen ist. Bringen Sie Wolldekken, heißes Wasser, heiße Getränke, vor allem schaffen Sie Tragbahren herbei. Bringen Sie alle Leute auf die Beine. Sie sollen herschleppen, was sich nur irgendwie als Tragbahre gebrauchen läßt, ausgehobene Türen, Gartentore... nur schnell, um Gottes willen, schnell!«

»Ich renne, Schwester«, und schon war er im unsicheren Zwielicht verschwunden.

Voller Verzweiflung bemühte sich Anne um ihre Patienten.

Ein Teil der Schwerverletzten hatte das Bewußtsein wiedererlangt und jammerte und stöhnte zum Erbarmen. Im nassen Gras kniend, tat sie ihr Bestes, ihre Schmerzen zu lindern. Mit ihrem regendurchnäßten Taschentuch wischte sie das Blut von vielen Gesichtern und suchte sorgfältig nach weiteren Wunden. Obgleich manche schrecklich zugerichtet waren, hatte doch der Tod noch auf keinen die Hand gelegt. Wenn nur alle durchgebracht werden könnten, dachte Anne. Sie wollte alles tun, was in ihren Kräften stand.

Lautes Rufen und energische Schritte ließen sie aufspringen – im fahlen Morgenlicht sah sie Menschen herbeieilen, den Farmer und zwei seiner Leute in Begleitung des Leichtverletzten. Sie brachten improvisierte Tragbahren, Whisky und Decken.

Anne versuchte, so gut es ihr müder Kopf erlaubte, das Nächstliegende zu tun. Erstes Gebot war, die schlimmsten Fälle sofort aus der Nässe und Kälte zu schaffen. Ob sie zu unabhängig handelte, zu selbständig? Aber was blieb ihr anderes übrig? Sie kannte die Nachwirkungen derartiger Schocks gut genug. So ließ sie vier der Schwerverletzten auf Tragbahren in die Farm bringen. Und das war gut so, denn erst nach weiteren zwanzig Minuten kam der Milchmann zurück – ohne Arzt. »Doktor Hay ist noch bei einem Patienten, aber man holt ihn. Mit Doktor Prescott konnte ich persönlich am Telefon sprechen, er kommt sofort.»

»Und die Krankenwagen?«

»Sind vom Südkrankenhaus unterwegs.«

Und weitere zwanzig Minuten schlichen dahin. Dann kamen sie, zwei Krankenwagen und ein geschäftiger, aber noch sehr junger, unerfahrener Assistenzarzt. Als Anne gerade zögernd über ihre Anordnungen berichten wollte, sauste noch ein Wagen heran. Sie hätte weinen mögen vor Erleichterung und Freude – der Fahrer war Dr. Prescott selbst.

Schnell sprang er heraus. Er trug einen schweren Mantel über seinem Sweater und den Flanellhosen – ein Zeichen seines schnellen Aufbruchs. Mochte er auch erstaunt sein, Schwester Lee hier zu sehen, seine Miene verriet nichts dergleichen. Kühl und unpersönlich, als ob er die Runde in seinem eigenen geordneten Krankensaal machte, horchte er mit undurchdringlichem Blick, den Kopf leicht zur Seite geneigt, auf ihren Bericht. Als sie geendet hatte, wandte er sich kurz an den Assistenten: »Sie können sich mit den Fällen hier abgeben. Schaffen Sie die Verletzten so schnell wie möglich fort. Ich gehe mit Schwester Lee zur Farm. Wenn Doktor Hay kommt, schicken Sie ihn bitte auch dorthin.«

In drei Minuten waren sie beide an Ort und Stelle, wo in der geräumigen Küche, in der Nähe der Feuerstelle, die vier Schwerverletzten auf Matratzen am Boden lagen. Dr. Prescott verlor kein Wort und untersuchte schnell jeden einzelnen. Es war erstaunlich, wie seine bloße Gegenwart, seine kühle Sachlichkeit Ruhe und Vertrauen verbreiteten und selbst die dicke Farmersfrau mit ihrer vor Erregung schrillen Stimme beruhigte.

Nun stand er aufrecht und überflog mit prüfendem Blick den schweren Eichentisch in der Mitte der Küche, das Nordfenster, durch das das fahle Licht des Märzmorgens hereinfiel, den großen dampfenden Wasserkessel auf der Feuerstelle... und befahl kurz und knapp:

»Den Tisch bitte dort unter das Fenster, eine Menge heißes Wasser und sauberes Leinen... Ich bitte alle, den Raum zu verlassen.« Und leise zu Anne: »Drei der Verletzten sind in diesem Zustand nicht transportfähig; ich muß operieren.«

Ihr Herz schlug höher bei dieser Bestätigung der Richtigkeit ihrer Diagnose. Sie antwortete nichts, sie war tatsächlich so am Ende ihrer Kraft, daß ihre trockenen Lippen sich kaum zu bewegen vermochten. Rasch eilte sie zu seinem Wagen, holte die Tasche mit den Instrumenten und ging an die nötigen Vorbereitungen.

Alles, was nun folgte, schien ihr wie ein nebelhafter Traum, in dem sie sich selbst wie einen Automaten handeln sah. Sie war sich bewußt, daß Prescott mit seiner Arbeit begann, daß Dr. Hay kam – ein winziges Männchen mit einer großen Brille, das sie sofort beim Anästhesieren ablöste –, war sich ihres eigenen flinken Zugreifens bewußt, mit dem sie Dr. Prescott zur Hand ging. Schweißperlen standen auf seiner Stirne. Wie wundervoll sicher führte er die Instrumente. Wie flink huschten ihre eigenen Hände in verständnisvollem Zusammenspiel mit den seinen hin und her, während ihr Körper sich gleichsam wesenlos in der zum Zerschneiden dicken Luft bewegte.

Kaum faßbar – der letzte lag auf dem Tisch. Sie assistierte bei der Amputation des Unterarms, band die Schlagader ab, fädelte Nadeln ein und beobachtete sorgfältig bis zum letzten Stich. Und endlich, endlich war alles vorbei. Ungläubig stand sie neben dem Tisch, als ihr Blick zufällig in den kleinen Spiegel an der Wand dort drüben fiel; sie sah große, überwache Augen; ein abgespanntes, müdes Gesicht, über dessen eine Hälfte sich ein dicker Blutstreifen zog. Nur einen Augenblick frische Luft. Sie fühlte sich dem Zusammenbrechen nahe. Prescotts besorgter Blick ruhte auf ihr. Nur sich keine Blöße geben vor ihm. Sie murmelte schwach: »Ich muß einmal frische Luft schöpfen…« und gelangte irgendwie zur Türe.

Köstlich erfrischend wehte die kühle Morgenluft um ihre heiße Stirne. Wie aus weiter Ferne hörte sie Fragen an sich gerichtet, vermochte aber nicht zu antworten. Man brachte ihr einen Stuhl, ein Glas Wasser… Es hatte aufgehört zu regnen, die Sonne brach durch die Wolken. Aus der Ferne ertönte undeutlich das langgezogene Pfeifen einer Fabriksirene. Unklar wurde ihr bewußt, daß es Mittag war. Nun kam Prescott auch heraus. Ein paar Worte sprach er noch zu den Zeitungsreportern, überwachte den Abtransport der Kranken und näherte sich danach ihr. »Ich bringe Sie persönlich zurück, Schwester Lee, ich möchte unserer Liste von Verunglückten nicht noch ein weiteres Opfer hinzufügen müssen.«

Er fuhr langsam, schweigend. Sie saß mit geschlossenen Augen neben ihm, dankbar für seine Rücksichtnahme. So blieb ihr Zeit, sich ein wenig zu erholen. Die frische Luft tat ihr gut. Sie hoffte nur, daß die Oberin sie nicht sofort mit Arbeit überhäufen würde.

Aber sie steuerten gar nicht gleich auf das Krankenhaus zu, und noch ehe sie eine erstaunte Frage stellen konnte, sagte Dr. Prescott kurz: »Ich nehme Sie zuerst zu mir. Sie müssen etwas ausruhen und essen, ehe Sie wieder an die Arbeit gehen. Außerdem sind Sie verwundet – Sie haben einen Schnitt im Gesicht.«

»Aber ich hätte doch schon um zehn auf der Station sein sollen.« Da lachte er hell auf. Und dieses Lachen zeigte seine starken, gesunden Zähne und veränderte vollkommen die sonst so kühlen, abweisenden Züge, machten ihn jungenhaft und froh und sonnig. Doch das verging so schnell, wie es gekommen, und als bereute er es, sagte er barsch: »Machen Sie sich nicht lächerlich, bitte«, und er lenkte den Wagen in die Royal Terrace ein, eine vornehme, stille, sonnenbeschienene Straße mit stilvollen prächtigen Häusern. Ungefähr in der Mitte hielt er und half ihr hinaus. Den Hausschlüssel in der Hand, sprang er leichtfüßig die Stufen hinauf und ließ sie eintreten. »Sie müssen jetzt ein wenig ausruhen, machen Sie sich's gemütlich«, und er deutete mit einer Kopfbewegung auf eine bequeme Couch. »Ich hole Ihnen ein Gläschen Sherry. Sie sehen aus, als könnten Sie dergleichen gebrauchen.«

Bald war er mit einer Karaffe und zwei Gläsern wieder da.

Sorgsam schenkte er ihr ein und sah zu, bis sie den Wein gehorsam getrunken hatte. Dann füllte er sich auch ein Glas.

»Auch ich kann eine Stärkung brauchen«, meinte er nachdenklich, »es war alles andere als ein Kinderspiel, sechs Stunden in dieser dampfigen Küche. Doch es hat sich wahrhaftig gelohnt, sie werden jetzt alle mit dem Leben davonkommen; ich hätte sonst keinen Pfifferling dafür gegeben.«

Mit einem Blick auf Anne fuhr er fort: »Ich bin Ihnen tief dankbar, Schwester Lee – Sie können sich kaum denken, wie sehr –, für Ihre kluge Voraussicht, Ihren Mut, Ihre ganze geschickte Mitarbeit. Unsere Zusammenarbeit diesen Morgen wird überall bekannt werden und viel von sich reden machen. Werfen Sie dann nur einmal einen Blick in die Abendzeitungen. Ich hoffe, Sie mißverstehen mich nicht. Ich habe das Bekanntwerden sehr nötig. Für mich persönlich liegt mir nichts daran, aber für mein Lebensziel, meine Klinik, die ich eröffnen möchte. Diese Sensation – wenn ich einmal das unschöne Wort gebrauchen darf – wird mehr dazu beitragen, die Leute, die ich schon dafür bearbeitet habe, noch mehr zu entflammen, besonders meinen Freund Matt Bowley, als es tausend gewöhnliche Operationen unter gewöhnlichen Umständen vermocht hätten.«

Er erhob sich und ging schnell und innerlich bewegt auf und ab. »Sehen Sie, ich will eine chirurgische Klinik für Gehirn- und Nervenerkrankungen gründen, sozusagen eine Zentrale für Läsionen des Gehirns und des Zentralnervensystems. Das ist die treibende Kraft all meiner Arbeit. Sie mögen es glauben oder nicht, aber jährlich werden Tausende von Menschenleben geopfert, weil wir zu wenig spezialisiert sind in diesem Fach, weil gewisse Starrköpfe am Glauben festhalten, Gehirnoperationen seien unmöglich. Koste es, was es wolle – einmal wird diese Klinik Wirklichkeit werden.« Er hielt inne und strich sich mit einer energischen Geste eine

Haartolle zurück, die ihm beim eifrigen Reden in die Stirne gefallen war.

»Aber, nein, verzeihen Sie, ich vergaß ganz, daß Sie etwas zu essen haben sollten; ich bin solch verständnisvolle Zuhörer gar nicht gewöhnt.«

Er bestand darauf, daß sie blieb, wo sie war, und ließ einen kleinen runden Tisch hereinbringen. Heiße Bouillon, kaltes Hühnchen, zarter Salat, zum Nachtisch Rahmsoufflé..., Anne hatte seit langem nicht mehr etwas derart Gutes gegessen. Der Wein hatte alle ihre Lebensgeister wieder angeregt, und nun verspürte sie wirklichen Hunger, hatte sie doch seit dem vergangenen Abend nichts mehr zu sich genommen.

Prescott sorgte aufmerksam dafür, daß sie genügend von allem aß, doch war seine Haltung nun wieder die alte, reservierte. »Sie verstehen«, bemerkte er, einen leisen Anflug von Schärfe in seinem Ton, »selbstverständlich sehe ich gewöhnlich kein Pflegepersonal bei mir. Ich hege die größte Verachtung für jeden Arzt, der, wenn ich so sagen darf, in gesellschaftliche oder persönliche Beziehungen zu einer Schwester tritt, mit der er beruflich zu tun hat.«

Anne nickte. »Ein Arzt hat seine Arbeit, eine Schwester die ihre. Warum sollten sie auch anders als beruflich miteinander verkehren?«

Geistesabwesend zerkrümelte er sein Brot. »Die Umstände in unserem Fall waren außergewöhnlich; wir trafen allerdings aus beruflichen Gründen zusammen. Sie haben Großartiges geleistet, Schwester Lee.« Und nach einer kurzen Pause meinte er: »Wenn Sie sich jetzt wohl genug fühlen, will ich Ihr Gesicht behandeln; Sie haben da eine kleine Wunde an der Schläfe. Die muß genäht werden, sonst wird eine Narbe zurückbleiben.«

Er kam mit einem kleinen Glastablett aus dem Konsultationszimmer, reinigte die Wunde mit Alkohol, betäubte sie und machte zwei kleine, feine Nähte. Anne spürte kaum etwas davon. Nachdem sie noch ein wenig geruht, brachte er sie zur Haustüre und verabschiedete sich von ihr. Ohne Überheblichkeit durfte Anne sich auf ihrem Weg zur Klinik sagen, daß sie einen guten Freund gefunden hatte.

Wie Dr. Prescott vorausgesagt, füllten die Berichte über das Autounglück und die Ereignisse auf Rodney Farm die ersten Seiten der Manchester Abendzeitungen. Fett gedruckt stand da: *Arzt und Krankenschwester retten dreißig Menschenleben.* Anne wurde als volkstümliche Heldin gefeiert, ganz gegen ihren Willen. Die konservative Presse erlaubte sich sogar, versteckte Anspielungen auf Prescotts Traum von einer chirurgischen Klinik zu bringen. Auch ging das Gerücht, daß der große Matt Bowley dem Projekt lebhaft zustimme. Wenn der Fabrikbesitzer sich entschloß, als Politiker und Finanzmann hinter der Sache zu stehen, schien sie so gut wie gesichert.

Mit großem Interesse verfolgte Anne alle diese Berichte. Kaum zehn Tage nach ihrer Rückkehr ins Krankenhaus bekam sie die erste Auswirkung ihres Erfolges zu spüren: es wurde ihr der Posten einer leitenden Schwester für Privatpflege außerhalb des Krankenhauses anvertraut, ein aus vielen Gründen sehr begehrter Posten. Ging diese Anordnung offiziell auch von der Oberin aus, als Belohnung für ihre prachtvolle Haltung in jener Schreckensnacht und allen Ruhm, den sie dadurch dem Krankenhaus eingebracht, so wußte Anne doch, wie alle anderen auch, daß Prescott dahintersteckte.

Dieser Wechsel brachte viel Förderndes für ihre Arbeit mit sich. Auf diesem Posten war es jetzt ihre Pflicht, in Verbindung mit sechs ihrer Führung anvertrauten Schwestern im Hepperton-Distrikt selbst zu arbeiten, Patienten in ihren

Häusern zu besuchen und ihnen dort alle erwünschte Pflege zuteil werden zu lassen. Diese sogenannte Wohlfahrtspflege war ursprünglich vom Krankenhaus eingerichtet worden, damit die betreffenden Schwestern größere Erfahrungen sammeln konnten bei mehr Freiheit und eigener Verantwortung. Auf diese Weise konnten sie auch gelegentlich einmal die Pflege reicher Patienten in ihren vornehmen Villen übernehmen.

Wenn Anne ihre veränderte Lage betrachtete, schien für sie selbst aus dem Unglück nur Gutes erwachsen zu sein; für den armen Joe dagegen bedeutete der Unfall eine wahre Katastrophe. Der Verlust des Wagens war das wenigste, doch die Forderungen der Geschädigten gingen ins Ungeheure. Sie hatte Joe getroffen, als er im Mai zu einer Untersuchung der Transportdirektion nach Manchester kam. Das Wiedersehen war nur ganz flüchtig, aber sie las aus seiner ganzen Haltung, daß er ernstlich besorgt war. Die Unfallversicherung machte ihm zu schaffen. Tedd Grein hatte für diese Seite des Unternehmens zu sorgen gehabt und war anscheinend im Rückstand mit den Versicherungsgeldern. Anne hatte den starken Verdacht, daß diese wohl auf die Seite gelegt, aber von dem überhöflichen Gauner nicht einbezahlt worden waren. Joe schwieg sich aus; aber auf dem Weg zur Gerichtsverhandlung sprach sein Gesicht mehr als alle Worte. Die Verhandlung wurde um einen Monat hinausgeschoben, damit einige der Verletzten als Zeugen erscheinen konnten. Seither hatte sie Joe nicht mehr gesehen. Sie schrieb Lucy einen langen Trostbrief, wurde dann aber, wohl zutiefst beunruhigt, von dem überwältigenden Ansturm all ihrer neuen Pflichten vollauf in Anspruch genommen.

Niemals vorher war Anne die ganze herrliche Weite und Wichtigkeit der Schwesternarbeit so aufgegangen. Noch nie hatte sie einen derart nahen Kontakt mit den verschiedensten

Menschen nehmen können. Sie kam in Häuser bitterster Armut, wo einem Hunger und Schmutz förmlich entgegenstarrten, in Einzimmerwohnungen, deren ganze Einrichtung aus einer schmutzigen Matratze, einem wackeligen Stuhl und einem alten eisernen Kochtopf bestand... in die Häuser Reicher und Armer, die der lähmende Druck hoffnungsloser Krankheit beschattete, wo man ihr auf den Zehenspitzen entgegenschlich und ängstlich einen leisen Hoffnungsschimmer in ihren Augen zu erspähen suchte. Allmählich ging ihr auf, daß der Schwesternname sozusagen ein Freipaß war und ihre Tracht mehr Schutz für sie bedeutete in den verkommensten Vierteln der Stadt und vor lärmenden Gesellen auf den Straßen als die Begleitung einer ganzen Polizeitruppe.

Ihre erste bedeutsame Privatpflege bewies ihr, daß sie einflußreiche Freunde hatte. Zwar hatte sie schon hier und da Privatpflege übernommen, aber diese, ganz abgesehen davon, daß sie dazu außerhalb der Klinik wohnen mußte, war wirklich etwas ganz Außergewöhnliches – sollte sie doch die leidende Frau des großen Matt pflegen.

Die Oberin, die Anne in ihr Privatbüro bestellt hatte, tat denn auch ihr möglichstes, ihr in ernstem Tone die ganze Wichtigkeit und Verantwortlichkeit ihrer neuen Pflichten ans Herz zu legen. »Sie sind noch reichlich jung, mein Kind«, ließ sich die Dampfwalze vernehmen, und ihre Augenbrauen zogen sich besorgt zusammen. »Eigentlich viel zu jung für eine derart verantwortungsschwere Aufgabe. Doch Mr. Bowley wünscht Sie, und Herr Doktor Prescott hat anscheinend Vertrauen zu Ihnen. Rechtfertigen Sie es und denken Sie immer daran, daß Ihre Führung in jenem fremden Haushalt in jeder Beziehung einwandfrei sein und dem Krankenhaus zur Ehre gereichen muß.«

»Jawohl, Frau Oberin.« Mit froher Genugtuung, daß sie beruflich wirklich weiterkam, eilte Anne ins Schwesternhaus hinüber. Ihre Sachen waren schnell gerichtet; in einer knappen Viertelstunde war sie damit fertig, und Schlag zehn fuhr, wie verabredet, Bowleys Wagen vor; ein eleganter Rolls-Royce mit Silberbeschlägen und einem Chauffeur in dunkelgrauer Livree.

Es war ein warmer, sonniger Morgen, als Anne durch das Gewirr enger, belebter Straßen fuhr, durch die sie gewöhnlich zu Fuß eilte, das Köfferchen in der Hand. In die weichen Polster zurückgelehnt, wurde sie sich der Vorrechte der Reichen so recht bewußt. Das luxuriöse Haus der Bowleys bestärkte sie in diesen Gefühlen: ein gewichtiger, vielgiebeliger Bau inmitten ausgedehnter wunderbarer Parkanlagen auf Dene Hill, einige Kilometer von Manchester entfernt. Wundervolle Möbel, dicke Teppiche, kostbare Gemälde... kurz gesagt, ein beinahe einschüchternder Luxus, ein schier unbegrenzter Reichtum.

Im Südflügel, gleich neben Mrs. Bowleys Krankenzimmer, lag Annes Reich, das einfach entzückend war. Das kleine Wohnzimmer barg eine ganze Fülle von Blumen und schönen Büchern, und vor den großen Fenstern breitete sich ein weiter, samtweicher Rasenteppich aus. Ein hübsches Zimmermädchen fragte nach ihren Wünschen. Anne war freudig überrascht; so gab es also doch auch erfrischende Oasen in dem alltäglichen Einerlei des Schwesternlebens? Dies hier schien ihr wirklich eine zu sein, nach den Tagen schrecklichen Hastens und Jagens treppauf und treppab in den armseligen Winkeln von Hepperton. Schnell erfrischte sie sich und eilte dann zu ihrer Patientin.

Mrs. Bowley, eine dunkelhaarige Fünfzigerin mit gelblichblasser Hautfarbe, war eine vollbusige und wohlgenährte Frau mit ziemlich gewöhnlichem Gesicht, das einen gequälten und sorgenvollen Ausdruck trug. Sie lag in ihrem breiten, bequemen Bett in der Mitte eines großen, gegen das Sonnenlicht abgeblendeten Raumes, umgeben von allem Unentbehrlichen der Ewigkranken: vom Krankentisch neben ihrem Bett bis zum genialen Aufbau der hunderterlei Medizinflaschen um sie herum. Sie litt tatsächlich an einer chronischen Neurose. Vor dreißig Jahren hatte sie, damals ein tatkräftiges, lebensfrohes junges Mädchen, Matt Bowley als armen Burschen geheiratet. Bowleys Aufstieg hatte sie sozusagen aller vitalen Fähigkeiten beraubt und seltsame Reaktionen ihres Nervensystems hervorgerufen mit allerlei krankhaften Vorstellungen; der große Reichtum erlaubte ihr, dauernd krank zu sein. Sie liebte ihren Mann immer noch, lag aber die meiste Zeit zu Bett und litt an nervösen Zusammenbrüchen, die sie mit den harten Kämpfen ihrer ersten, sehr arbeitsreichen Ehejahre begründete.

Lange betrachtete sie Anne, ängstlich forschend, und nickte dann beifällig. »Doktor Prescott sprach so anerkennend von Ihnen. Ich glaube, ich werde Sie liebgewinnen. Hat man es Ihnen behaglich gemacht? Kommen Sie, geben Sie mir bitte das Lavendelwasser dort drüben und setzen Sie sich hier dicht neben mich; wir wollen ein wenig miteinander plaudern. Sie könnten mir dabei über die Stirne streichen.«

Anne tat wie ihr geheißen; sie brauchte kein langes Studium, um das Leiden ihrer Patientin herauszufinden, dieser gutmütigen, aber anspruchsvollen, sich selbst quälenden Frau. Als sie ihre kühle Hand auf die Stirne der Kranken legte, fühlte sie aufrichtige, wachsende Anteilnahme für sie.

An diesem Nachmittag kam Dr. Prescott schon um drei zur Visite. Obgleich er als Chirurg gewöhnlich keine derartigen Fälle behandelte, hatte er hier doch aus Freundschaft zu Matt Bowley eingewilligt. Auch wünschte Mrs. Bowley keinen anderen Arzt in ihrem Hause zu sehen. Anne, die ihn aufmerksam beobachtete, fühlte steigende Hochachtung für ihn und die ganze Art, wie er diesen Fall behandelte: Sachlich, zurückhaltend, dabei ganz natürlich, saß er neben dem Krankenbett und ließ andächtig, ohne mit der Wimper zu zucken, die ganze Symptomenskala seiner Patientin an seinem Ohr und Auge vorübergleiten. Bei hysterischen Ausbrüchen hatte er eine unnachahmliche Art, die linke Augenbraue hochzuziehen, was wirkungsvoller war als viele Worte. Am Schluß war Mrs. Bowley jedesmal erleichtert, glücklich und überzeugt, daß sie wieder ganz gesund werden würde.

Anne begleitete den Arzt hinunter. Er gab ihr seine Anweisungen. Dann wandte er sich noch an sie persönlich. »Erinnern Sie sich noch, Schwester Lee, was ich Ihnen einmal über den Wert einer guten Krankenschwester sagte? Dies hier ist ein Fall, bei dem eine gute Pflegerin mehr ausrichten kann als irgendein Arzt. Ich sehe die arme Frau höchstens einige Minuten täglich. Sie sind beständig um sie und können großen Einfluß auf sie gewinnen.«

Anne errötete. »Ich werde gewiß mein möglichstes tun, Herr Doktor. Mrs. Bowley scheint ein liebenswerter Mensch zu sein; es wäre mir eine Freude, ihr helfen zu können.«

»Gerade darum wünschte ich Sie her. Als Bowley Ihr Kommen vorschlug, leuchtete mir der Gedanke sehr ein.« Hier machte er nachdenklich eine Pause. »Übrigens wird er Ihnen sehr dankbar sein – und mir vielleicht auch –, wenn wir Mrs. Bowley gesund bekommen.«

Sie fühlte instinktiv, was er dachte, und konnte sich nicht enthalten zu fragen: »Sie denken an Ihre Klinik, Herr Doktor, nicht wahr?« Unter seinem prüfenden Blick wurde sie dunkelrot. Ein wenig sarkastisch antwortete er: »Ja, Schwester Lee, trotzdem man in der Öffentlichkeit soviel Wesens aus unserem gemeinsamen Erlebnis machte..., mein guter Bowley ist noch immer nicht ganz soweit, beinahe vielleicht, doch noch nicht ganz. Er ist ein Dickschädel und will sich nächsten Monat zum Bürgermeister wählen lassen; vielleicht hat er Angst, etwas zu riskieren, wenn er sich mit so einem Rebellen wie mir einläßt. Aber ich glaube, ja ich glaube wahrhaftig, bei glücklicher Wendung der Dinge wird er sich zu einer ganz großen Geste entschließen. Wenn er es nicht tut –« Prescotts Gesicht erstarrte – »dann wird sich auch niemand sonst in Manchester bereitfinden. Das wäre ein Schlag für mich. Na, ich würde verschwinden und die Leute hier in ihrem eigenen Saft schmoren lassen.«

Er schaute auf seine Uhr. Ein gewinnendes Lächeln lag auf seinem Gesicht, als er sich ihr abschiednehmend zuwandte: »Ich muß gehen, Schwester Lee. Arbeiten Sie nicht zuviel, genießen Sie hin und wieder auch die herrlichen Parkanlagen, die wirklich wunderschön sind, und – lassen Sie sich das Essen schmecken, es wird wohl ein wenig anders ausfallen als die Hepperton-Kost...«

Gedankenverloren stieg Anne wieder die Treppen hinauf. Dr. Prescott war so freundlich zu ihr, sie verdankte ihm soviel, auch den angenehmen Posten hier, daß sie der heiße Wunsch beseelte, auch einmal etwas für ihn tun zu können. Er setzte sich für alles Hohe und Ideale in seinem Beruf ein; nichts wollte er für sich, alles für seinen Zukunftstraum, diese Klinik. Sie mußte ihm einfach helfen. Ach, wenn sie hier in diesem Haus nur Erfolg hätte – es wäre die größte Freude ihres Lebens.

Anne wollte ihr Bestes für ihre Patientin tun. Sie fühlte, daß sie einen guten Anfang gemacht hatte. Mrs. Bowley schien sie gerne zu haben. Das wichtigste war zunächst, ihr Vertrauen und ihre Liebe zu gewinnen.

Als sie am Donnerstagnachmittag die Treppe hinaufging, warf sie einen schnellen Blick über die Balustrade in die Halle. Dort stand Matt Bowley, der gerade von einer dreitägigen Geschäftsreise nach Liverpool zurückgekehrt war, in lebhafter Unterhaltung mit seinem Diener Collins, während dieser ihm aus seinem schweren Automantel half. Bowley stellte in einem fort Fragen. Plötzlich schaute er zufällig in die Höhe und erblickte Anne. Sofort unterbrach er seinen Redestrom.

»Aha, da sind Sie ja, Schwester Lee, gerade Sie wollte ich sehen. Sie können mich am besten über alles unterrichten.«

Als Anne langsam hinunterkam, wandte er sich wieder seinem Diener zu: »Schwester Lee ißt heute mit mir zu Mittag; servieren Sie sofort, Collins – ich begrüße nur noch schnell meine Frau.«

Es war schwierig für Anne, gegen seine Einladung etwas einzuwenden; Bowley ließ ihr auch gar keine Zeit dazu. Hastig war er die Treppen hinaufgeeilt, um seine Frau zu begrüßen, und kaum fünf Minuten später stand er schon wieder unten, sich vergnügt die Hände reibend, und bat sie höflich in das kleine behagliche Wohnzimmer.

Offen gesagt hätte Anne lieber alleine in ihrem Zimmer gegessen. Das war auch eigentlich Vorschrift für sie. Aber es war so etwas spontan Herzliches und Gutmütiges in seinem Wesen, daß sie überzeugt war, sie durfte ihm dieses eine Mal, wie er sagte, seine Einladung nicht abschlagen. Er hatte sofort ihr Zögern bemerkt und platzte harmlos heraus: »Ja, haben Sie denn etwas dagegen? Sie sind doch kein Dienstbote, Sie gehören zu uns. Außerdem bat ich Sie persönlich.« Mit vollem Munde kauend, redete er weiter: »Tatsache ist, ich bin sehr froh, Sie hier zu haben, Schwester Lee. Ich war es, der Prescott diese glorreiche Idee eingab, ich war es, der Sie hier im Hause zur Pflege meiner Frau haben und –« er grinste jetzt über sein ganzes rotes Gesicht – »der auch hier und da von Ihrer Gesellschaft profitieren wollte.«

Anne wußte kaum, was sie auf solche ungeschminkten Bemerkungen erwidern sollte, und antwortete ungeschickt: »Ich danke Ihnen für Ihr Vertrauen, ich hoffe, Ihre Güte zu rechtfertigen.«

»Schon gut, bin davon überzeugt«, nickte er beifällig.

Mit wahrer Wonne aß und redete er weiter und fing, wie alle Leute seiner Art, sehr bald an, seine Geschichte zu erzählen. Als einfacher Arbeiter hatte er in einer Spinnerei angefangen und es bis zum Millionär gebracht. Und wie befriedigt war er von seinen Erfolgen. Wie genoß er sein schönes Haus, seinen Wagen, seine Kunstsammlung, seinen ganzen Besitz und sonnte sich im Ansehen bei seinen Mitbürgern; sogar ihr Bürgermeister sollte er werden.

Weniger zufrieden war sein Ausdruck, als er von seiner Familie sprach. Das ewige Kranksein seiner Frau schien ihn zwar nicht sonderlich zu belasten, sein großer Kummer war der einzige, mißratene Sohn, der noch dazu eine ganz unpassende Heirat eingegangen war. Doch da war seine kleine dreizehnjährige Nichte Rose, die er zärtlich liebte. Er ließ sie in einer der besten Schulen Englands erziehen, unter Aristokratenkindern, wie er sagte. Er bestand darauf, Anne mehrere Fotografien der Kleinen zu zeigen.

Bowley hätte noch stundenlang weitererzählt, von Rose, sich selbst, dem Leben im allgemeinen ... doch die Uhr auf dem Kaminsims schlug zwei. Anne benutzte eine kleine Pause in seinem Redeschwall: »Es wird höchste Zeit, daß ich zu meiner Patientin gehe, Mr. Bowley, meine Freizeit ist vorbei.«

»Nicht so eilig, meine Liebe, nicht so eilig. Meine Frau wird nicht gerade in den nächsten fünf Minuten sterben.«

Anne aber schüttelte lachend den Kopf: »Wirklich, ich muß gehen, Mr. Bowley, ich habe Pflichten. Sie wünschen doch sicherlich nicht, daß ich sie vernachlässige«, und schnell stand sie auf. Nun erhob er sich seinerseits schwerfällig und tätschelte ihre Hand.

»Natürlich, ganz recht, liebes Kind, Pflicht geht vor Vergnügen. Das ist auch stets mein Wahlspruch gewesen und hat sich gelohnt.« Er lachte schallend. »Also eilen Sie nur und grüßen Sie mir meine Frau. Wir sehen uns bald wieder. Machen Sie sich's gemütlich hier, und wenn Sie irgend etwas wünschen – ein Wort genügt.«

Zwei Wochen vergingen im Fluge. Doch war zu Annes größtem Kummer kein Fortschritt in Mrs. Bowleys Befinden festzustellen, trotz all ihrer vielen Bemühungen. Ja, die Kranke war sogar in den letzten Tagen auffallend wortkarg und mißgestimmt. Anne ließ nichts unversucht, sie aufzuheitern und zu zerstreuen. Aber je mehr sie sich bemühte, desto weniger Erfolg hatte sie, und oft bemerkte sie, daß die Augen ihrer Patientin mit durchdringendem Blick auf ihr ruhten. Es war höchst ungemütlich und unerklärlich.

Sie empfand das um so mehr, weil ihr alles daran lag, die Freundlichkeit und Güte, die man ihr entgegenbrachte, zu rechtfertigen. Noch nie in ihrem Leben hatte sie es so gut gehabt, war sie derart verwöhnt worden. Es war einfach überwältigend, mit welcher Aufmerksamkeit man sie umgab. Immer wieder fand sie die wunderbarsten frischen Blumen in ihrem Zimmer, eine Schale köstlicher Pfirsiche aus dem Treibhaus, Trauben oder herrliche Pralinés. Sie protestierte wiederholt dem mürrischen, finsteren Diener gegenüber, das sei des Guten zuviel, worauf dieser mit unbeweglicher Miene zurückgab, er tue nur, wie ihm befohlen.

So beruhigte sie ihr Gewissen, indem sie an ihren freien Nachmittagen viele der Süßigkeiten ihren Freunden im Hepperton-Krankenhaus mitbrachte, die mit wahrer Begeisterung über derartige unbekannte Herrlichkeiten herfielen.

Eines Morgens, am Ende der zweiten Woche, als Anne eben mit einem Glas erfrischender Limonade für ihre Patientin aus der Küche kam, traf sie im Korridor mit Bowley zusammen. Er hatte große Eile, denn er war auf dem Weg zu einer Wahlversammlung. Trotzdem machte er augenblicklich halt und grüßte sie mit einem verbindlichen Lächeln.

»Ist heute nicht Ihr freier Nachmittag?« überraschte er sie. Woher wußte er das bloß? »Nehmen Sie doch mal den Wagen – eine kleine Spazierfahrt tut Ihnen nur gut.« Verwirrt schaute sie ihn an und schüttelte den Kopf. »Nein, nein, vielen Dank, Mr. Bowley, das paßt nicht für mich.«

»Ach was, Unsinn. Es ist doch nichts dabei, wenn Sie mal alleine spazierenfahren. Werde Collins Bescheid geben. Schön für Sie, mal ein bißchen von der Kette loszukommen...« Er nickte und stelzte mit großen Schritten davon.

Ein verzweifelter Blick folgte ihm. Natürlich hatte sie Bowley in diesen vierzehn Tagen öfter gesehen. Er hatte sie sogar mehrmals rufen lassen, um sich nach dem Befinden der Patientin zu erkundigen. Ab und zu war er auch gekommen, um mit seiner Frau Tee zu trinken, allerdings immer dann, wenn er genau wußte, daß Anne auch anwesend war, und eines Tages hatte er sie gebeten, etwas für Rose einzukaufen. Aber dies ging zuweit. Ihr Instinkt warnte sie, keine besonderen Vergünstigungen vom Hausherrn direkt anzunehmen. Ehe sie ins Krankenzimmer zurückkehrte, stieg sie darum rasch die Treppen ins Souterrain hinab, um seinen Befehl rückgängig zu machen.

An diesem Vormittag war Anne schweigsamer als sonst, und auch Mrs. Bowley war recht zurückhaltend. Als sie die Kranke um zwei Uhr verließ, fragte diese beiläufig: »Was haben Sie wohl heute nachmittag vor, Schwester Lee?«

»Oh, ich weiß noch nicht recht, Mrs. Bowley, vielleicht mache ich einen kleinen Spaziergang.« Mrs. Bowley räusperte sich, und Anne fuhr fort: »Ja, ich will ein wenig spazierengehen und hernach den spannenden Roman weiterlesen, den ich gerade angefangen habe. Falls Sie etwas wünschen sollten – ich bin bald wieder da und auf meinem Zimmer.«

»Ich glaube kaum, daß ich Sie brauchen werde«, entgegnete Mrs. Bowley spitz.

Innerlich stark beunruhigt, machte Anne einen langen, strammen Marsch durch die ausgedehnten Anlagen. Das tat ihr ungemein gut. Als einziger Gast trank sie dann eine Tasse schwarzen Kaffee in der kleinen Konditorei gerade gegenüber dem Parktor und kehrte erfrischt und heiter heim. Fast mußte sie über ihre Befürchtungen vom frühen Morgen lachen. Sie nahm ein Bad, zog sich ein bequemes Hauskleid an und kuschelte sich so behaglich wie nur möglich mit ihrem Buch auf der Couch zurecht. Über eine Stunde lag sie da und las, ganz vertieft in ihre anregende Geschichte. Gegen sieben klopfte es.

»Herein!« Anne schaute nicht auf; sie dachte, es sei das Mädchen mit dem Abendessen. Doch nein, es war nicht das Mädchen – herein stolzierte Matt Bowley!

»Aha«, er strahlte, »nie im Leben sah ich etwas Entzückenderes.« Beim Klang seiner Stimme fuhr Anne wie von der Tarantel gestochen hoch. »Aber, aber«, protestierte er beschwichtigend, »keine Bange, mein Kind, ich komme nur schnell, um mit Ihnen ein Hühnchen zu rupfen wegen der nichtgemachten Autofahrt.«

Sie legte ihr Buch beiseite und sah ihn mißbilligend an. »Mr. Bowley? Sie erwartete ich wirklich nicht hier.«

»Aber warum denn nicht?« Er lachte frohgemut. »Kann ich armer Mann denn nicht in meinem eigenen Hause herumwandern, wo ich will?« Er schloß die Türe und machte es sich in einem Sessel bequem. »Sehen Sie aber zum Verlieben aus«, meinte er bewundernd. »Zum ersten Mal sehe ich Sie ohne Tracht. Sie sollten wirklich immer so herumlaufen.«

Anne lachte nervös. »Ich schätze meinen Beruf zu sehr, um das zu tun.«

Er zog sein Zigarettenetui heraus und steckte sich ganz ungeniert eine Zigarre an. Dann betrachtete er Anne, den Kopf auf die Seite gelegt, und versuchte auf eine andere liebenswürdige Weise an sie heranzukommen. »Ein so gescheites Menschenkind wie Sie, mit diesen ausgezeichneten beruflichen Fähigkeiten, sollte eine wirkliche Chance haben, um voranzukommen. Geben Sie doch das blöde Krankenhaus auf, ist ja ein Hundeleben. Gründen Sie eine eigene Privatklinik; Sie könnten viel verdienen, wenn man Ihnen helfen würde.«

»Und wo sollte diese Hilfe zu finden sein?« fragte Anne trocken.

»Oh«, er warf sich in die Brust, »warum nicht gar bei Matt Bowley?«

Anne nahm sich zusammen. Die Situation war ihr peinlich. Sie wollte ihn aber um keinen Preis beleidigen, und außerdem war sie doch kein zimperliches kleines Mädchen mehr. »So sonderbar es Ihnen auch scheinen mag«, meinte sie ruhig, »bei der Ausübung meines Berufes ist es mir nicht in erster Linie um Geld zu tun; ich möchte bessere Lebensbedingungen für die Schwestern erreichen, ihnen sollte mehr Gerechtigkeit zuteil werden, das ist mein Lebensideal.«

Schelmisch lenkte er ein: »Heißt das etwa, daß Sie mein Anerbieten ausschlagen werden?«

Sie hatte die plötzliche Eingebung, daß dies der Augenblick sein könnte, ihn auf etwas hinzuweisen, das ihr sehr am Herzen lag: »Warum machen Sie dieses Anerbieten nicht Herrn Doktor Prescott für seine heißersehnte Klinik?« Sprachlos nahm er die Zigarre aus dem Mund und sah sie mit umwölkter Miene an.

»Welches Interesse haben Sie an Prescott?« Seine Stirnrunzeln vertieften sich. »Sind Sie etwa auch eine von den vielen, die auf seinen Charme hereinfallen?«

»Welcher Unsinn!« rief sie voller Empörung. Er aber beharrte argwöhnisch: »Sie sind doch nicht etwa verliebt in diesen Menschen?« Anne errötete. »Wie können Sie sich nur erdreisten, so etwas zu sagen! Ich denke niemals an Doktor

Prescott als Menschen – nur an den Chirurgen, seine Arbeit, seine Klinik. Mein Interesse an ihm ist ausschließlich beruflicher Art.«

Peinliches Schweigen herrschte; allmählich erholte Bowley sich und lachte verlegen. »Tut mir leid, mein Kind, ich bin nun mal ein eifersüchtiger Teufel, wenn ich jemanden gern habe, und Sie habe ich eben gern.«

Anne senkte den Blick; ihr wurde immer unbehaglicher zumute, nur mit Mühe meisterte sie ihre Angst, zwang sich zu einem Lachen und versuchte ihn zur Vernunft zu bringen.

»Allen Ernstes, Mr. Bowley, Sie müssen doch zugeben, daß Prescotts Plan einfach wundervoll ist. Ein großer Fortschritt. Wenn Sie nur daran denken, wie viele Menschen jetzt noch aufgegeben werden müssen – Menschen, die in dieser Klinik gerettet werden könnten –, drängt es Sie dann nicht, sich damit zu befassen und an der Verwirklichung teilzuhaben?«

Er rückte ein wenig näher und faßte ihre Hand. »Und es wäre also wirklich eine Freude für Sie, wenn ich Prescotts Plan finanzierte?« Mit nervöser Hast antwortete sie: »Gewiß, gewiß, eine sehr große Freude sogar.«

»Gut«, er nickte bedeutungsvoll, »wollen sehen, was sich machen läßt. In ein paar Tagen hat Prescott meine Antwort, so ziemlich sicher ein Ja. Und nun hören Sie bitte auf mit Ihrem Mr. Bowley, mein Name ist Matthias Bowley, wie Sie wissen, Matt Bowley, für Sie ganz einfach Matt.«

Er war aufgestanden und ließ sich nun in plumper Ungezwungenheit neben sie auf die Couch fallen. »Sie wissen«, seufzte er, »ich bin ein einsamer Mann.« Er warf seinen Zigarrenstummel in den Aschenbecher. »Ich habe gezögert, schon eher darüber zu sprechen, doch nun haben Sie es ja selbst gesehen – meine Frau ist mir keine Gefährtin... aber bitte, bitte, bleiben Sie nur ruhig sitzen, ich sage ja gar nichts gegen meine Frau, ich bin so treu, wie ein Mann nur sein kann. Darum steht doch fest, daß ich jüngere Gesellschaft suche, wollen mal sagen, eine kleine Freundin brauche, die mich in meiner freien Zeit glücklich macht.«

Anne saß wie versteinert da und starrte vor sich hin. Sie hatte nur den einen Gedanken: Fort, fort aus diesem Zimmer. Nun sah sie klar, daß sie sich in ihrem Wunsch, Prescott zu helfen und seinen Plan zu fördern, in eine schreckliche Situation gebracht hatte. Sie machte noch einen letzten Versuch, Bowley zur Vernunft zu bringen: »Es gehört sich ganz und gar nicht, so mit mir zu sprechen, Mr. Bowley.«

»Ah, bah, ich bin ein einfacher Mann, ich rede, wie mir der Schnabel gewachsen ist, liebes Kind. Sie sind nun mal meine Liebe auf den ersten Blick. Krankenschwestern mag ich sowieso gerne, die wissen so viel vom Leben und kriegen nicht so schnell einen Schock wie andere kleine Frauenzimmer, die mir begegnet sind. Und dazu hab ich mir's gar zu schön ausgedacht, wie gemütlich wir manchmal zusammensein könnten...«

Anne zitterte vor Ekel. Es war nicht länger zu ertragen. Rasch wollte sie aufstehen, doch seine schwere Hand legte sich auf ihr Knie und hielt sie zurück.

»Nun, flieg mir nicht davon, mein Täubchen. Ich bin kein schlechter Kerl, wirst schon sehen. Und Geld habe ich wie Heu...«

»Lassen Sie mich, Mr. Bowley«, bat sie flehentlich, »oh, ich hasse das alles.«

Er lachte schallend. »Du wolltest doch wohl Matt sagen, liebe Kleine, nicht wahr?« Und er schlang den Arm um sie und versuchte sie an sich zu ziehen.

In diesem Augenblick öffnete sich die Türe und herein trat – Mrs. Bowley. Hoheitsvoll, im Morgenrock, die Haare wirr ums Gesicht. Eine ganze Weile stand sie da und starrte schweigend auf die beiden. Diese Stille war unheimlich. Matt machte ein blödes, verdutztes Gesicht und versuchte zu sprechen. Doch ehe er ein Wort herausbrachte, erhob Mrs. Bowley ihre dünne, anklagende Stimme, während ihr flammender Blick auf Anne gerichtet war:

»Natürlich, ich dachte es mir doch, Sie hier zu finden. Ich fühlte es förmlich. ›Ich werde ein wenig spazierengehen und dann auf meinem Zimmer sein, falls Sie mich brauchen, Mrs. Bowley‹«, ahmte sie Anne nach. »Sie dachten wohl nicht, daß ich Sie beim Wort nehmen würde, wie? Dachten, Sie könnten mir etwas vormachen. Ich wußte es besser. Ihr Krankenschwestern seid alle gleich«; – ihre Stimme überschlug sich fast – »ist die Frau krank, so wird versucht, ihr den Mann vor der Nase wegzuschnappen. Das ist so ein feiner Trick eures vielgepriesenen Berufes...«

Entsetzt sprang Anne auf, leidenschaftlichen Protest auf den Lippen. Doch ehe sie auch nur einen Ton herausgebracht, legte Mrs. Bowley von neuem los: »Schau mich nur nicht so dreist an, du kleine Schlange, du. Diesmal kommst du mir nicht davon; ich werde deinen Machenschaften ein schönes Ende setzen...« Und wie eine Hexe fauchte sie ihren Mann an: »Und was für ein alter Esel bist du, Matt? Läßt dich von so einer fangen. Du, der Bürgermeister werden will. Daß ich nicht lache. Du, ein bedeutender Mann unserer Stadt. Ich hätte große Lust, die ganze Sache öffentlich bekanntzumachen. Eine hübsche Geschichte für alle Zeitungen – Matt Bowley, wie er die Pflegerin seiner Frau umarmt und küßt. So einen werden sie sich ganz sicher zum Bürgermeister wählen. Haha, warte nur, wenn sie erst diese Neuigkeit zu Ohren kriegen...«

Bowley wand sich unter der Tücke ihrer Worte. »Um Himmels willen, das wirst du doch nicht etwa tun? Nein, das wirst du doch nicht machen, wie?«

»Ich werde das nicht tun?« Sie richtete sich zu ihrer ganzen

Größe auf. »Du wirst schon erleben, was ich tue. Ich habe nicht über dreißig Jahre zu dir gehalten, um dich mir jetzt von diesem hergelaufenen Ding wegschnappen zu lassen. Und höre ich noch ein einziges Wort von dir, so verspreche ich dir, daß ich sämtliche Reporter der ganzen Stadt hierher beordern werde – und wenn es mein Tod sein sollte!«

Ihre Erregung und Bitterkeit konnten beinahe Mitleid erregen; sie zitterte heftig am ganzen Körper, als hätte sie keine Gewalt mehr über sich. Nun wandte sie sich Anne wieder zu und würgte mit halberstickter Stimme heraus: »Was Sie anbetrifft, Sie reizende Person, Sie verlassen auf der Stelle das Haus. Ich werde mit der Oberin über Sie sprechen und dafür sorgen, daß alle Ihre freundlichen Dienste und Aufmerksamkeiten ihren Lohn bekommen...«

Anne blickte verzweifelt zu Bowley hinüber, der noch immer zusammengeduckt auf der Couch saß, und wartete bleich und angespannt darauf, daß er die Situation erklären und sie rechtfertigen würde. Sie war ja völlig schuldlos, wußte aber, daß eine Selbstverteidigung vollkommen zwecklos wäre. Aber Matt wich schuldbewußt ihrem Blick aus; er war zu geschlagen, zu entsetzt über die Drohung seiner Frau, als daß er daran gedacht hätte, Anne in Schutz zu nehmen.

»Nun, wird's bald? Hinaus mit Ihnen! Worauf warten Sie denn eigentlich immer noch? Ihr Gepäck wird Ihnen nachgeschickt. Wenn Sie nicht schleunigst gehen, werde ich Ihnen Beine machen.« Anne sah die wütende Frau ruhig an: »Das ist nicht nötig, Mrs. Bowley, ich gehe schon.« Sie fühlte sich erniedrigt und gedemütigt durch all diese Grobheiten und Ungerechtigkeiten. Angesichts der Hoffnungslosigkeit ihrer Lage kam eine eigenartige, fremde Ruhe über sie, und sie konnte sich beim Hinausgehen nicht enthalten, spöttisch zu bemerken: »Dieser Vorfall wird sicherlich für Ihren Mann eine sehr vorteilhafte Werbung sein, Mrs. Bowley!«

»Hinaus«, schrie diese, »zum letzten Male sage ich, hinaus!« Ohne Bowley noch eines Blickes zu würdigen, verließ Anne das Zimmer.

Es war fast neun, als Anne am Krankenhaus ankam. Ganz zerschlagen von dem eben Erlebten, erschöpft und mutlos, hatte sie nur den einen Wunsch, niemandem zu begegnen und so schnell wie möglich auf ihr Zimmer zu kommen. Aber kaum war sie zum Haupteingang hineingehuscht, so hielt der Portier sie an.

»Oh, Sie sind es, Schwester Lee«, rief er überrascht aus, »was in aller Welt bringt Sie noch so spät hierher? Ich habe gerade von Ihnen gesprochen; es ist da ein Bursche, der nach Ihnen fragte. Ich sagte ihm schon, Sie seien nicht im Krankenhaus. Er ließ sich nicht abweisen, wollte warten. Stark beduselt war er, entschuldigen Sie. Um ihn loszuwerden, brachte ich ihn in den Warteraum. Vielleicht ist er inzwischen gegangen, will schnell mal nachsehen.«

»Lassen Sie nur, Mulligan«, wollte Anne ihn hindern, »es wird nichts Wichtiges sein.« Sie war zum Umfallen müde, aber der gutmütige Portier bestand darauf und war in ein paar Sekunden zurück. »Er ist noch da und möchte Sie durchaus sprechen.«

Anne seufzte, ging aber selbstverständlich hin. In dem großen, kahlen Warteraum mit seinen weißgekachelten Wänden saß in einem Sessel versunken eine kümmerliche Gestalt – Joe. Als sie eintrat, versuchte er aufzustehen, schwankte unsicher und mußte sich sofort wieder setzen. Blaß und elend, unordentlich, mit wirrem, in die Stirn fallendem Haar und offenem Kragen, machte er eine jämmerliche Figur; er hatte wirklich einen ganz gehörigen Rausch.

»Joe!« Anne schrie es förmlich, voller Entsetzen aus ihrer Apathie gerüttelt. »Joe, was tust du hier, was ist geschehen?«

»Alles ist vorbei«, brachte er mühsam heraus, »alles kaputt, alles zu Ende. Mußte dich sehen, Anne. Auf dich kann ich mich verlassen. Du bist aufrichtig, o Gott...«, er legte seinen Kopf auf den Tisch und schluchzte leise. Endlich richtete er sich wieder auf und erzählte in abgerissenen Brocken.

Kurz gesagt, seine Geschichte war hart und bitter. Der Gerichtsentscheid war herausgekommen. Die Versicherungsgesellschaft hatte alle Verbindlichkeiten abgestritten. Tedd Grein, als Schwindler und Gauner entlarvt, war mit sämtlichen Geldern der Gesellschaft durchgebrannt. Joe war vollkommen ruiniert.

»Ich hätte nie, niemals von Shereford fortgehen sollen«, schluchzte er. »Dort war mein Platz. Ich hatte die Leute dort gern, und auch sie schätzten mich. In diesem schrecklichen London war ich nie in meinem Element, kam mir vor wie ein dressierter Affe. Nie habe ich diesem Grein getraut, nie! Aber Lucy zog mich rein, sie ließ nicht locker und redete auf mich ein, bis ich einwilligte. Sie wollte eben Kleider und schöne Möbel und weiß der Teufel was alles sonst noch. Sie bohrte auch so lange, bis ich sie heiratete. Dabei wollte ich doch dich, Anne, du weißt es, aber sie ließ mir einfach keine Ruhe. Hätte ich sie bloß nie gesehen...«

»Still, Joe«, fiel Anne hier scharf ein, »so darfst du nicht von Lucy reden.« Fast fürchtete sie sich zu fragen: »Wo ist sie überhaupt?«

»Verlassen hat sie mich«, schrie Joe voller Erbitterung. »Wir verstanden uns längst nicht mehr, und als nun das Unglück über uns hereinbrach, gab es einen schrecklichen Krach. Sie warf mir sogar allerlei an den Kopf, und ich gab es ihr natürlich zurück.« Er schwieg düster. »Sie hat wieder mit Pflegen angefangen.«

»Wo?«

»Irgendwo in London, in irgendeinem Heim.«

Anne holte tief Atem. Sie war sehr unglücklich. So hatte es also doch dazu kommen müssen. Sie hatte ja von Anfang an unbewußt gefühlt, daß Lucy mit ihrem Starrsinn und ihren Launen und Joe in seiner Gutmütigkeit nicht zusammenpaßten.

»Höre, Joe«, ihre Stimme klang entschlossen. »Was du mir da erzähltest, ist schlimm genug, aber es nützt nichts, sich unterkriegen zu lassen. Nur Mut, es ist nicht alles so schlimm, wie es aussieht. Was hast du denn nun vor?«

Finster entgegnete er: »Nun, ich kann ja wieder Auto fahren. Die Versicherungsgesellschaft wird wahrscheinlich das Geschäft übernehmen – was noch davon da ist. Möglich, daß ich bei ihr Arbeit finden kann.«

»Aber das wäre ja wunderbar, Joe. Zeige ihnen, daß du etwas kannst, deine Sache verstehst, dann kommt sicherlich noch allerlei Gutes dabei heraus«, suchte Anne ihn zu begeistern. Ermutigt hob er den Kopf. »Meinst du, ich solle meinen Stolz einpacken und bei ihnen anklopfen?«

»Warum auch nicht, Joe? Ich könnte mir denken, daß sie heillos froh wären, einen so tüchtigen Chauffeuer wie dich in ihrem Betrieb zu haben; jemanden, der die praktische Seite des Geschäftes von der Pike auf versteht«, feuerte sie ihn an.

»Ah«, er ging mit einem kleinen Anflug von Stolz darauf ein, »sie werden weit und breit keinen besseren finden.«

»Also, viel Glück, Joe«, rief sie fröhlich, »zeige ihnen, was du kannst, und zeige auch Lucy, daß du ein tüchtiger Kerl bist, dann findet sie sicher zu dir zurück.«

Er reckte und streckte sich, neuen Mut und Hoffnung in seinem Blick. »Und du glaubst, daß ich wirklich noch etwas gutmachen kann?«

»Aber natürlich!«

Joe war jetzt ganz nüchtern. Dankestränen traten ihm in die Augen, als er Anne freimütig ansah: »Du bist gut, Anne, du gibst einem immer wieder frischen Mut. Ich wußte, es würde mir helfen, mit dir zu reden. Und so ist es auch. Das Trinken geb' ich auf; versprech' dir's. Und wenn ich es auch hasse, vor dieser verdammten Gesellschaft zu kriechen – ich will es doch tun. Ich will dir beweisen, daß ich mich noch nicht geschlagen gebe.«

»Ein Mann, ein Wort, Joe.«

Er stand langsam auf, warf sich in die Brust und ging mit ihr zur Türe. Hier schüttelte er ihr die Hand, versprach, in Verbindung mit ihr zu bleiben, Lucy zu schreiben und sein Bestes zu leisten. Dann machte er rechtsum kehrt, schritt zielbewußt auf die Straße hinaus und verschwand im nächtlichen Dunkel.

Anne hatte sich nichts anmerken lassen von all dem Schweren, das auf ihr lastete. Nun kam alles mit doppelter Wucht wieder über sie. Als sie kurze Zeit später ihr Zimmer betrat, fand sie dort einen Brief von der Oberin vor, sich unverzüglich bei ihr zu melden.

Was sich in jener halben Stunde unter vier Augen abspielte, darüber verlor Anne nie ein Wort.

Die Oberin East war durchaus Realistin. Obgleich sie in diesem Fall die Tatsachen richtig beurteilte und – ohne es zeigen zu dürfen – von Annes Unschuld überzeugt war, konnte das doch keinen Einfluß auf ihren Entscheid haben. Sie wollte keinen öffentlichen Skandal, mit dem Mrs. Bowley drohte, wenn Anne nicht sofort das Krankenhaus verließ. So gab es nur eins: Anne hatte zu gehen. Bevor sie sie entließ, erteilte die Oberin ihr noch eine heilsame Lektion und nannte es eine Dummheit, den Männern so ohne weiteres zu vertrauen. Sie machte auch noch ein paar treffende Bemerkungen zu dem Trugschluß Mrs. Bowleys, daß Krankenschwestern ihren Patientinnen den Mann abspenstig machen, und versüßte zum Schluß die bittere Pille, indem sie Anne unter Auferlegung völliger Schweigepflicht erlaubte, von sich aus zu kündigen.

Anne sah ein, hier gab es keinen anderen Ausweg, sie mußte gehen.

Wie ein Lauffeuer durcheilte am nächsten Morgen die Kunde das ganze Schwesternhaus, daß Anne Lee innerhalb eines Monats ihren Posten im Hepperton-Krankenhaus aufgeben würde. Ein ganzer Sturm von Fragen brauste über sie dahin. Sie mußte zu allen schweigen, konnte und durfte nicht einmal Nora und Glennie ihr Herz ausschütten. Wie eine schwere Wolke lagerte es über dem einst so glücklichen Trio. Man sagte, Anne zöge aus Familiengründen fort; das genügte natürlich den beiden Freundinnen nicht.

Wie im Traum ging Anne umher, verstört durch dieses zweite Mißgeschick, das ohne ihr eigenes Verschulden wieder in alle Erfolgsaussichten eingriff. Eine ganze Weile klammerte sie sich noch daran, Bowley werde selbst mit der Wahrheit herausrücken. Aber der aufs tiefste erschrockene, feige Matt war entschlossen, alles seinen Weg gehen zu lassen und keinen Finger zu rühren. So schwand auch diese letzte Hoffnung dahin.

Eine Woche lang nach diesem Erlebnis sah sie Prescott nicht. Einmal ging er im Korridor an ihr vorbei, als ob sie Luft wäre. Am kommenden Mittwoch hatte sie in seinem Operationssaal zu tun. Nach der Operation kam die gefürchtete unvermeidliche Begegnung. Als sie ihm in dem kleinen Waschraum aus seinem Kittel half, bemerkte er in dem ihm eigenen eisigen Ton, ohne sie dabei anzublicken: »Wie ich gehört habe, werden Sie sich in andere Sphären begeben?« Bei diesem Ton verkroch sie sich noch mehr in sich selbst und versuchte, ebenso unpersönlich zu antworten. »Ja, Herr Doktor.«

»Wohin gehen Sie?«

»Ich denke – nach London – verstehen Sie, meine Schwester – aus Familiengründen...«

Sie schaute zu Boden und brach unsicher ab. In seinem Schweigen lag etwas ungeheuer Sarkastisches. Er nahm das Handtuch, das sie ihm reichte, und fing an, umständlich seine Hände zu trocknen, jeden Finger ganz genau und gründlich. Dann rückte er wie ein Chirurg – der er war – ihrem großen Schmerz zuleibe und sagte kalt: »Ich bin von Mrs. Bowleys Phantasien ganz und gar nicht überzeugt. Ich habe Ihnen aber für Ihre mißglückte Einmischung in meine Angelegenheiten zu danken.«

Sie biß sich auf die Lippen, aufs tiefste verwundet. Wie konnte er nur in solch unzarter Weise daran rühren. Unbarmherzig fuhr er fort: »Wie schmeichelhaft Ihr Interesse auch sein mag, ich wünsche ein für allemal, daß sich niemand in meine Angelegenheiten einmischt – am wenigsten eine Schwester.«

»Es tut mir leid, Herr Doktor«, flüsterte sie.

»Das bezweifle ich nicht.« Mit kühler, fast beißender Ironie sprach er weiter. »Sie können es jedoch nicht mehr bedauern als ich, denn nun ist jede Aussicht, hier in Manchester eine Klinik zu gründen, für immer für mich vorbei. Das habe ich Ihrer reizenden Kurpfuscherei zu verdanken.«

Sie brachte kein Wort heraus. Mit den Tränen kämpfend, stand sie da und ließ den Kopf hängen. Er sah sie immer noch nicht an, dann schloß er: »Ich weiß nicht, welche Pläne Sie haben, will es auch nicht wissen, doch sehe ich einige Schwierigkeiten für Sie voraus, weil Sie Hepperton so sang- und klanglos verlassen müssen. Und gerecht möchte ich doch sein. Ihre ausgezeichnete Tätigkeit hier soll nicht ohne Anerkennung bleiben. Hier habe ich einen Brief an die Oberin vom

Londoner Trafalgar-Hospital. Geben Sie ihn ihr persönlich; sie wird dementsprechend handeln. Und nun auf Wiedersehen, Schwester Lee.«

Geknickt nahm sie den unverschlossenen Briefumschlag. Dr. Prescott machte keine Anstalten ihr die Hand zu geben. Sie konnte kein Wort herausbringen und ging mit dem Gefühl, eine demütigende Niederlage erlitten zu haben, hinaus. Im Gang begegnete ihr die Operationsschwester. »Was in aller Welt ist mit Ihnen los, Lee?« Schwester Carrs Stimme klang ein wenig neugierig, aber durchaus nicht unfreundlich. »Hat Prescott Sie gescholten?« Anne schüttelte den Kopf.

»Na, Sie sehen aber ganz so aus. Er war allerdings auch schon diesen Nachmittag sehr ärgerlich. Kein Wunder – er mag sagen, was er will, es wird ihm doch schwer, von hier fortzugehen.«

»Er geht fort?« Anne starrte sie entgeistert an.

»Ja, wissen Sie das denn nicht? Ich weiß es auch erst seit ein paar Stunden, hörte, wie Prescott und der alte Sinclair darüber sprachen, ehe die Operation begann. Bowley hat sich endgültig geweigert, Geld für die Klinik zu geben. ›Jetzt hab ich's satt‹, meinte Prescott zu Sinclair, ›und wenn ich hundert Jahre alt werde, hier komme ich nie ans Ziel. Ich will den Kampf auf einen anderen Schauplatz verlegen und mich anderswo dafür einsetzen.‹«

Anne war verblüfft; sie konnte nicht ganz fassen, was Prescott dazu veranlaßte, seine Arbeit in Manchester aufzugeben, fühlte jedoch instinktiv, daß sie durch ihre verunglückte Einmischung zum Teil mitverantwortlich dafür sein müsse. Ohne ein Wort machte sie kehrt und ging niedergeschlagen davon.

Auf Station C suchte sie sich ein ungestörtes Eckchen in der Stationsküche und warf einen Blick in Dr. Prescotts Brief. Fast unbewußt las sie ihn. Es war ein glänzendes Zeugnis, das sie für den gerade frei werdenden Posten einer Stationsschwester im Trafalgar-Hospital in London empfahl.

Jetzt war es mit ihrer Fassung vorbei; ihr Leben erschien ihr wie ein unentwirrbares Knäuel... Hemmungslos ließ sie ihren Tränen freien Lauf.

Ein kalter Wintertag in London; graue Wolken hingen schwer über dem pulsierenden Großstadtgetriebe – hin- und herflitzender, lärmender Verkehr, sausende Autobusse, eilige Taxis, Millionen hastender Menschen…

Anne benutzte einen freien Nachmittag, um Lucy zu treffen. Für sie hatte die Riesenstadt ihren Zauber, ihre vielen Möglichkeiten noch nicht verloren, und das Gefühl ließ sie nicht los, hier wie auf einem Schlachtfeld zu stehen, auf dem sie als Krankenschwester ihre vorgeschriebene Arbeit zu leisten habe.

Ihre Übersiedlung ins Trafalgar-Hospital war also Tatsache geworden. Die Oberin Melville, eine schlanke, aristokratische Persönlichkeit, war eine intime Freundin von Prescotts Mutter gewesen. Daß Anne hier Aufnahme fand, stand von dem Augenblick an fest, wo die Oberin durch ihre große Hornbrille einen Blick in Prescotts Brief getan hatte.

Das Trafalgar-Hospital war ein modern eingerichtetes Krankenhaus, ein enormes wissenschaftliches Räderwerk, das sich zum Wohle aller Leidenden bewegte.

Bis jetzt hatte sich Anne weder dem Gang dieser Maschine, noch ihrer speziellen Arbeit völlig anzupassen vermocht. Mit allen Fasern ihres Herzens hing sie an der Chirurgie und war nicht wenig enttäuscht, daß ihr Tätigkeitsfeld hier auf der medizinischen Abteilung liegen sollte. Doch ihr Chef, Dr. Verney, schätzte sie, die ihr untergeordneten Schwestern zeigten sich willig und arbeitsfreudig, und allmählich begann alles Leid, das Manchester ihr gebracht hatte, abzuklingen.

Mit innerer Unruhe eilte sie heute die Regent Street entlang; sie wollte dort Lucy in einer kleinen Konditorei treffen. Da stand sie ja. Ein heller Schein flog über Annes Gesicht. Sie begrüßte Lucy liebevoll mit einem Seufzer der Erleichterung. »Wie bin ich froh, daß du gekommen bist, dachte ich doch mit Schrecken daran, daß du mich wieder im Stich lassen könntest.«

»Ich konnte damals wahrhaftig nichts dafür.« Lucy war gleich beleidigt. »Man hatte mir in der Klinik noch Extraarbeit aufgehalst.«

»Ich verstehe, Liebes«, beschwichtigte Anne.

Die Schwestern machten es sich in dem kleinen Lokal gemütlich, bestellten Tee und Toast und betrachteten sich gegenseitig nachdenklich. Mit Lucy war entschieden eine Veränderung vor sich gegangen seit jenen noch gar nicht so weit zurückliegenden Tagen, da sie in ihrem kleinen Reich in Muswell Hill das Zepter führte. Ein harter Zug hatte sich in ihr Gesicht gegraben, und ihre ganze Haltung Welt und Menschen gegenüber war noch um eine Schattierung herausfordernder geworden; auch hatte sie nicht an Schminke und Puder gespart und trug sich auffallend elegant gekleidet.

»Hast du Nachricht von Joe?« war Annes erste Frage.

Lucy schüttelte den Kopf. »Aber, warte einmal, ja doch, neulich; er bittet mich immer wieder, zu ihm zurückzukommen. Es macht mich einfach rasend, nur daran zu denken. Zu ihm zurück, der wieder ein gewöhnlicher Chauffeur ist? Nach allem, was wir hatten und hätten haben können? Mein reizendes Haus, meine kostbaren Möbel... alles ist dahin, und bloß wegen seiner Dummheit. Das kann ich ihm niemals verzeihen. Ich habe gar nicht vor, zu ihm zurückzukehren; für eine solche Ehe danke ich. Ich will lieber unabhängig sein, mein eigener Herr, und ich bin da, wo ich jetzt bin, gut aufgehoben.«

Anne bewahrte eine kluge Zurückhaltung, trotzdem sie mancherlei zu Joes Entschuldigung hätte sagen mögen. Und Lucys letzte Worte berührten gerade die Frage, die ihr am meisten zu schaffen machte. »Ich muß dir etwas sagen«, fing sie fast schüchtern an. »Du wirst zwar böse sein, aber schau, ich kann mir eben gar nicht recht vorstellen, daß du dort gut aufgehoben bist.«

»Ach, fang doch nicht wieder damit an.« Lucy wurde ärgerlich.

»Aber ich kann nicht anders, es macht mich unglücklich, dich in jenem Haus zu wissen. Es hat gar keinen guten Ruf.«

»Um Himmels willen, Anne, hör auf. Nur weil Haus Rolgrave eine Privatklinik ist und kein abscheuliches öffentliches Krankenhaus, hast du einen Pik darauf... und auf mich ebenfalls. Ich sage dir offen – als Joe mir diesen Streich spielte, beschloß ich, jetzt erst einmal nur an mich selbst zu denken, auf meinen eigenen Vorteil bedacht zu sein. Im Rolgrave zahlt die alte Oberin Sullivan ihren Schwestern dreimal soviel wie ihr bekommt, unsere Tracht ist reinseiden, die Verpflegung einfach ein Traum und wir haben nur erstklassige Patienten. Denke dir, diese ganze Woche habe ich Irene Dallas, den großen Filmstar, pflegen müssen. Sicher hast du von ihr gehört. Sie möchte mich sogar mit nach Kalifornien nehmen. Die Aussichten im Rolgrave sind einfach glänzend, in jeder Hinsicht. Aber welchen Zweck hat es, überhaupt darüber zu reden, nur ein Wort darüber zu verlieren? Du hast nun einmal ein Vorurteil Privatkliniken gegenüber.«

»Das stimmt nicht.« Anne blieb fest. »Doch habe ich meine guten Gründe, gegen die Klinik Rolgrave zu sein.«

Sie brach kurz ab, weiteren Widerspruch befürchtend, aber ihr beredtes Schweigen zeugte von tiefer Besorgnis. Die Rolgrave-Klinik, ein luxuriöses Etablissement im Zentrum von Mayfair – woher sich auch seine meisten Patienten rekrutierten –, war eine der anrüchigsten Kliniken Londons. Mrs. Sullivan, der das Haus gehörte, behandelte ihre Schwestern mit einer Art verschwenderischer Freigebigkeit – sie würde wohl auch sonst schwerlich jemanden bekommen haben –, und nur die zweifelhaften Elemente der Schwesternschaft waren hier zu finden. Die Klinik stand auf der Schwarzen Liste, war eines jener Häuser, wo verbotene Eingriffe vorgenommen wurden, für die man jeden Preis zahlte, wo hysterische und neurotische Frauen nach Wunsch Betäubungsmittel bekamen, die ihnen jedes anständige Haus verweigert hätte. Seitdem Anne von der neuen Tätigkeit ihrer Schwester wußte, lebte sie in ständiger Angst vor den etwaigen Folgen, die für Lucy daraus erwachsen konnten.

»Lucy«, meinte sie jetzt ernst, »gib Rolgrave auf und komm zu mir ins Trafalgar-Hospital. Ich habe dich dort für einen freien Posten vorgeschlagen. Erinnere dich doch an all das Große, das wir zusammen vorhatten. Hier bietet sich uns eine Gelegenheit. Wir haben beide gute und böse Zeiten hinter uns, heute aber sind wir in London, im Zentrum unserer Arbeit. Vergangene Woche habe ich Miss Gladstone, die Generalsekretärin unseres Verbandes, aufgesucht, die mir allerlei Aufschlußreiches erzählte. In enger Zusammenarbeit mit ihr könnten wir etwas erreichen.«

Lucy spielte nervös mit ihrem Teelöffel, einen eigensinnigen Zug um den hübschen Mund. »Mag alles gut gemeint sein, Anne, ich sehe die Dinge eben anders an als du. Dein Ziel ist, für die Schwestern bessere Existenzbedingungen zu schaffen. Schön, aber die kommen vielleicht erst, wenn wir längst tot sind. Was nützt das uns dann noch? Ich will etwas vom Leben haben. Die gewöhnliche Schwesternlaufbahn ist eine wahre Tretmühle. Davon kann ich ein Lied singen. Bist du gescheit, kannst du es andererseits als Pflegerin auch sehr schön haben. Und da die Welt nun mal nicht zu ändern ist, scheint mir das das Erstrebenswerteste.«

Anne unternahm noch einen letzten Versuch: »Ich will mich nicht lächerlich machen, Lucy, aber ich bitte dich nochmals inständig, gib die Rolgrave-Klinik auf, tu's mir zuliebe.«

Lucy machte eine entschieden verneinende Bewegung. »Das kann ich nicht gut, tut mir leid.« Der Klang ihrer Stimme ließ keinen Zweifel daran aufkommen. Weiteres Drängen würde nur eine leidige Szene zur Folge haben; so streckte Anne die Waffen.

Am nächsten Tag besuchte die Oberin Melville die Station Bolingbroke, die glänzend vor Sauberkeit vor ihrem prüfenden Blick lag. Sie war zufrieden. Wohlgefällig ruhten ihre Augen auf der neben ihr gehenden Anne, der tadellos weißen Tracht, dem sorgfältig frisierten Haar und den schönen, schlanken Händen ihrer neuen Schwester.

»Sie haben wirklich einen wunderbaren Anfang hier gemacht, Schwester Lee. Ich bin Doktor Prescott aufrichtig dankbar, daß er Sie zu mir schickte. Übrigens haben Sie wohl noch nicht gehört, daß er einen Ruf an die Nervenklinik St. Martin bekommen hat?«

Anne bekam regelrechtes Herzklopfen, antwortete aber beherrscht: »Nein, allerdings nicht, Frau Oberin, davon hatte ich keine Ahnung.«

»Das dachte ich mir.« Die Oberin lächelte gütig. »Sie können sich nicht vorstellen, welches Aufsehen sein Kommen erregt hat. Er hat an der Wimpole Street ein Haus gemietet und hält nächsten Monat in der berühmten Lister-Gesellschaft einen Vortrag über Gehirnoperationen. Doktor Verney ist der Ansicht, daß es eine große Sache sei. Das freut mich ungemein. Ich kenne Prescott gut, kannte ihn schon als kleinen Buben.«

Anne schwieg; sie war ganz beglückt, ihn in London zu wissen. Wie herrlich, daß er doch den Kampf für sein Ideal wieder aufgenommen, trotzdem Bowley ihn so schmählich im Stich gelassen hatte. Sie ertappte sich bei dem Wunsch, die

Oberin möchte fortfahren, von ihm zu erzählen, doch die hatte bereits wieder ihre Amtsmiene aufgesetzt. »Zu schade, Schwester Lee, daß Ihre Schwester nicht herkommen konnte, wie Sie vorgeschlagen hatten. Zum Glück fand ich nun Ersatz für den freien Posten; die neue Schwester wird morgen eintreten.«

»Jawohl, Frau Oberin.« Anne konnte nichts weiter dazu sagen. Sie hatte noch immer die leise Hoffnung gehegt, Lucy ließe sich am Ende doch noch überreden; auch hätten vielleicht Nora oder Glennie vom Hepperton-Krankenhaus die Stelle gern gehabt. Schade, jetzt war es zu spät.

Den ganzen Tag war ihr leichter ums Herz als seit langem. Trotz der kühlen, abweisenden Haltung Dr. Prescotts bei ihrem letzten Zusammentreffen, fühlte sie stets ein inneres Verbundensein mit ihm, beruhend auf gemeinsamem Streben und Ziel. Sie wünschte ihm von Herzen Erfolg. Sie dachte oft an ihn, war aber felsenfest davon überzeugt, daß keine andern Gefühle dabei waren, Schwärmerei oder auch nur die geringste Spur von Liebe.

Der Gedanke an Prescott gab ihrem eigenen Streben neuen Antrieb. Schneller als gewöhnlich eilte sie an diesem Abend ins Schwesternhaus hinüber, nahm ihren Mantel und machte sich auf den Weg nach Kingsway, wo sie noch den Omnibus zum Museumsplatz erreichte. Das Büro der Zentralstelle des Schwesternverbandes war schon geschlossen, doch fand sie bei Miss Gladstone, der Generalsekretärin, die eine kleine Wohnung über den Büroräumen hatte, jederzeit herzliche Aufnahme.

»Guten Abend, Anne, gerade hoffte ich, Sie würden wieder einmal hereinschauen. Dort steht Kaffee auf dem Ofen – Sie müssen sich erst wärmen. Auch Brötchen sind noch in der Tüte da hinten, falls Sie Hunger haben.«

Susan Gladstone war ein kleines, grauhaariges, unordentlich aussehendes Menschenkind um die Sechzig herum, mit übermüdetem, aber unverdrossenem Gesichtsausdruck; eine Frau, die nie an ihr Äußeres, nie an ihr eigenes Wohl dachte, sondern ganz Hingabe an ihre Aufgabe war.

»Lesen Sie mal das, Anne«, fuhr sie fort, nachdem Anne sich's behaglich gemacht hatte. – Sie hatte in der Abendausgabe der Times einen Abschnitt blau unterstrichen. – »Angenehme Lektüre für einen Winterabend, was?«

Anne las. Kurz und schlicht hieß es da, eine ältere Frau, Robertson mit Namen, habe in ihrer bescheidenen Wohnung in Bayswater durch Gasvergiftung ihrem Leben ein Ende gemacht. Am Schluß war noch hinzugefügt, die Unglückliche sei von Beruf Krankenschwester gewesen.

»Und das stimmt, sie war Schwester«, sagte Miss Gladstone mit erzwungener Ruhe, »und zwar vierzig Jahre lang. Ich kannte sie. Sie bat den Verband um Hilfe. Wir taten, was wir konnten, es war nicht genug.«

»Wie furchtbar ist das!« Anne war erschüttert.

»Ja, es ist schrecklich.« Miss Gladstone nickte traurig. »Und sie ist nicht die einzige; ich habe hier eine ganze Liste von alten Schwestern, die ihr ganzes Leben gewissenhaft gearbeitet haben und nun am Ende ihrer Tage mittellos dastehen. Nicht etwa durch eigene Schuld, wie Sie ja wissen, bloß weil sie keinen anständigen Lohn hatten. Und nun, da ihre Kraft aufgebraucht ist, wirft man sie zum alten Eisen.«

»Das ist ein großes Unrecht, das dürfte nicht sein.« Alles empörte sich in Anne.

»Es gibt Millionen Frauen, schwer arbeitende Frauen, denen niemals Gerechtigkeit widerfahren ist, noch widerfährt. Ich kann Ihnen Briefe zeigen von Schwestern aus allen Teilen unseres Landes; Protestbriefe, Bittbriefe… alles Beweise, schwarz auf weiß, von grausamster Ausnützung. Es macht mich manchmal rasend. Wir sind einfach nicht richtig organisiert, sollten ganz andere Verbandsstatuten haben, eine wirkliche Arbeitsgemeinschaft sein.«

»Mehr als das.« Anne flammte auf. »Die öffentliche Meinung müßte hinter uns stehen. Das Volk sollte sich für uns interessieren, die Schattenseiten des Schwesternberufes sollten aufgedeckt werden, es würde gewiß bald anders.« Susan Gladstone stimmte eifrig zu.

»Sicherlich wäre jetzt die Zeit für Reformen gekommen«, fuhr Anne nachdenklich fort. »In anderen Berufen hat man schon etwas erreicht: den Achtstundentag, bezahlte Ferien... warum sollten gerade wir Schwestern leer ausgehen? Unsere Arbeit ist mindestens so schwer, und wir sind viel mehr Gefahren ausgesetzt als die Frauen in anderen Berufen. Warum sollten nicht auch wir einen angemessenen Lohn bekommen?«

»Ja, warum nicht?« wiederholte Miss Gladstone bitter. »Diese Florence-Nightingale-Bewegung hat uns mehr geschadet als genützt. Da kommt so eine feine Dame und tut alles umsonst und aus lauter Liebe und Güte. Was mir von dieser Art Mildtätigkeit unter die Augen gekommen ist, war gar keine ganze Arbeit. Diese Menschen haben eben nicht von der Pike auf gelernt...« Hier schneuzte sich Miss Gladstone kräftig. »Wenn wir nur etwas Großes unternehmen und die Leute aufrütteln könnten; die haben doch den Nutzen von unserer Arbeit. Und gerade diese Zeitung, die von der armen Robertson berichtet, fordert an anderer Stelle die Schwestern auf, nach Südwales zu gehen und bei einer Genickstarre-Epidemie zu helfen.... Ach, wir wollen lieber aufhören. Ich hasse alle Gefühlsduselei. Sollte wahrhaftig abgebrühter sein nach all diesen Jahren.« Sie lächelte flüchtig. ›Na, nun haben Sie mich eben mal in einem schwachen Augenblick gesehen. Fein wär's, wenn Sie mitmachten. Sie sind schön nah im Trafalgar-Hospital und könnten in Ihrer Freizeit oft mit mir zusammenarbeiten. Unentgeltlich natürlich. Geld haben wir keins. Aber hier können Sie helfen, Hindernisse aus dem Weg zu schaffen, Berge zu versetzen.«

»Eben, darum kam ich ja«, sagte Anne ruhig, »und wären es nur Maulwurfshügel.«

Noch lange saßen die beiden in dem kleinen unordentlichen Zimmer plaudernd beisammen. Anne fühlte wachsende Sympathie und einen großen Respekt vor der kriegerischen kleinen Sekretärin, deren freundschaftliche Zuneigung sie dankbar empfand. Sie war fest entschlossen, mit ihr durch dick und dünn zu gehen.

In die Klinik zurückgekehrt, ging sie gleich auf ihr Zimmer; sie hatte keine Lust, noch zu Nacht zu essen. Unbewußt fühlte sie, daß die Nachricht über Dr. Prescott sich mit dem Entschluß verband, zu dem sie an diesem Abend gekommen war. »Er arbeitet auf seine und ich auf meine Weise für das gleiche Ziel...« In dieser Nacht schlief sie fest und traumlos.

Als sie am folgenden Morgen auf die Station kam, war die neue Schwester da. Anne konnte sie nicht sofort begrüßen, da sie noch verschiedenes Eilige auf der Abteilung zu erledigen hatte. So verging eine halbe Stunde, ehe sie ins Wartezimmer kam.

Kaum saß sie an ihrem Schreibtisch, um die Aufnahme zu machen, als auch schon das herzliche Willkommlächeln auf ihren Zügen erlosch und erschrockenem Erkennen Platz machte; vor ihr saß Schwester Gregg vom Shereford-Krankenhaus.

Die hatte ihrerseits Anne sofort erkannt und machte eine überraschte Bewegung, während in ihren eigentümlich farblosen Augen ein sonderbares Licht aufglomm. »Guten Tag, Schwester«, fing sie vergnügt an.

»Guten Morgen«, gab Anne weniger erfreut zurück. Sie hatte zwar in Shereford nicht viel mit Schwester Gregg zu tun gehabt und auch nie eine besondere Vorliebe für das blasse, strohblonde, leicht zänkische Geschöpf empfunden, aber es war doch schmerzlich, durch sie an die Vergangenheit erinnert zu werden.

»Sie kennen mich natürlich, Schwester, nicht wahr?« sprach Eliza Gregg unbekümmert weiter. »Ach, ich vergaß, Sie sind ja jetzt Oberschwester hier, Verzeihung. Es ist wahrhaftig zu erstaunlich, Sie nach Shereford nun hier zu sehen. Ich komme gerade von dort; bin die ganze Zeit dort gewesen, seit« – etwas wie Verschlagenheit kam in ihren Blick – »seit Sie so plötzlich fortgingen.«

Annes Feder flog über das Papier. Nach den notwendigen Eintragungen straffte sich ihre Gestalt, sie sah ihr Gegenüber fest an: »Heute morgen noch müssen Sie mit Ihrer Arbeit anfangen, Schwester, ich hoffe, Sie werden gerne hier sein und vor allem Ihr Bestes tun.«

»Gewiß, Schwester Lee.«

Lag nicht ein leiser Anflug von Spott in ihrem unterwürfigen Ton? Anne war sich nicht klar darüber. Eindringlich schaute sie der Schwester in die ausdruckslosen Augen. »Ich erwarte, daß Sie ungeachtet unserer gemeinsamen Erinnerungen niemals vergessen, mich als Oberschwester dieser Station zu respektieren und meine Anordnungen gewissenhaft auszuführen.«

»Sie können sich darauf verlassen, Schwester Lee«, Eliza Gregg war die Höflichkeit selbst, »mich können Sie wahrhaftig für gewissenhaft halten.«

»Gut, Schwester, Sie können gehen.«

Die Türe schloß sich lautlos. Anne saß noch wie erstarrt da.

Hinter ihren unbeweglichen Zügen jagten die Gedanken. Mit erschreckender Deutlichkeit übersah sie das Gefährliche ihrer Lage. Wohl war sie unschuldig, aber sie hatte dort in Shereford fremde Schuld auf sich genommen. Und nun tauchte hier, auf ihrer eigenen Station, eine Schwester auf, der sie Vorgesetzte sein sollte, eine Schwester, die um die angeblichen Gründe ihrer Entlassung in Shereford wußte und bedenkenlos davon Gebrauch machen konnte. Eine dumpfe Vorahnung hatte sich ihrer bemächtigt, als sie sich erhob und an ihre Arbeit ging.

Das Wetter war äußerst unangenehm; Frost und dichter Nebel beengten das Atmen. Und selbst die Bolingbroke-Station schien die kalte Unfreundlichkeit dieser Jahreszeit widerzuspiegeln.

Anne hatte viele Fälle von Lungenentzündung, kritische Fälle, die besonders gewissenhafte Pflege erforderten. Gerade jetzt sollte sich im Stationsbetrieb alles reibungslos abwikkeln. Gewöhnlich war Anne beglückt von jeder besonderen Aufgabe; im Augenblick aber nagte eine große, wachsende Sorge an ihr: auf der Station war eben nicht alles, wie es sein sollte. Kleine Sachen waren nicht in Ordnung, Fieberkurven nicht genau eingetragen, Sputumflaschen nicht sterilisiert... und mehr als einmal war sie sogar auf grobe Unterlassungen gestoßen. Dr. Verney, ihr Vorgesetzter, behandelte Pneumonien mit einem besonderen Serum. Er gebrauchte das Rockefeller-Serum, dessen Erfolg davon abhing, daß es zu genau vorgeschriebenen Zeiten eingespritzt wurde. Schon dreimal hintereinander hatte Anne entdecken müssen, daß die Zeit nicht eingehalten worden war.

Ganz offensichtlich war Schwester Gregg die Schuldige.

Nicht, daß man sie für jeden Fehler hätte verantwortlich machen können – sie beging zwar viele, denn sie war durchaus keine gute Pflegerin und in der letzten Zeit auffallend nachlässig und unordentlich –, aber sie versuchte in einer geradezu hinterlistigen Weise die beiden anderen Abteilungsschwestern nachteilig zu beeinflussen. Schwester Scott, eine stille, unkomplizierte Natur, ließ sich weniger anstecken als die kleine Probeschwester Leslie, ein fröhliches und bis jetzt Anne treu ergebenes junges Ding. Leslie verlor bald allen Eifer und jegliche Arbeitslust. Das sonst so nette Mädchen wurde vorlaut und frech, und als zwei Patienten im Sterben lagen, hörte Anne sie in der Stationsküche sogar laut und herzlos lachen. Einmal kam Leslie mit gerunzelter Stirne auf sie zu: »Schwester Lee«, rief sie in ganz ungehörigem Ton, »Schwester Gregg erzählte mir eben etwas so Sonderbares...«, sie kicherte albern..., »sie sagt, ich solle Sie fragen, ob es wahr sei.«

Eine bange Ahnung beschlich Anne. »Was sagte Ihnen denn Schwester Gregg?« Dabei sah sie das junge Ding ruhig und gefaßt an.

»Sie sagte«, stotterte die Kleine, »daß Sie keine Diphterie-Fälle leiden möchten.«

»Mich interessieren alle Fälle«, gab Anne ruhig zurück, »und Sie müssen das auch lernen, wenn Sie mir Freude machen wollen. Messen Sie jetzt das Fieber von Nummer zwölf und lassen Sie die Albernheiten.«

»Ja, Schwester Lee«, murmelte die Kleine beschämt und machte sich an die Arbeit.

Annes Befürchtung aber wuchs durch dieses Erlebnis. Sie stellte Schwester Gregg zur Rede, und wieder antwortete diese mit jenem sonderbar ergebenen Blick. Anne fühlte, daß die Sache dem Höhepunkt zutrieb. Und wirklich platzte Anfang März die Bombe. Anne konnte es nur recht sein, so mitgenommen war sie von Eliza Greggs heimlicher Hetzerei.

Eines Morgens kam sie in das kleine Laboratorium, das für gewisse Versuche gebraucht wurde. Über das hier herrschende Chaos schlug sie entsetzt die Hände zusammen. Es war Schwester Greggs Aufgabe, den Raum sauber und in Ordnung zu halten. Aber wie sah er aus: schmutzige Reagenzgläser auf den Regalen, leere Flaschen, die sofort hätten nachgefüllt werden sollen... eine befleckte Pipette auf dem mit Fehlingscher Lösung besudelten Tisch..., ein ganz unverzeihliches Durcheinander.

Das war der Gipfel der Nachlässigkeit. Zornerfüllt ließ Anne die Schuldige rufen. Die nachlässige Schwester hatte keine große Eile, und als sie endlich erschien, war sie unhöflicher denn je.

»Da bin ich, Schwester.« Sie tänzelte herein. »Was ist?«

»Schauen Sie sich diese heillose Unordnung an.« Anne konnte kaum sprechen vor Ärger. Eliza Gregg warf ihr einen bezeichnenden Blick zu, sie fühlte sich sicher. Kühl entgegnete sie: »Na, warum räumen Sie denn nicht selbst auf?« Anne wurde bleich ob dieser Unverschämtheit, dann stieg ihr das Blut zu Kopf.

»Wie dürfen Sie wagen, in einem solchen Ton mit mir zu reden? Ich bin die leitende Schwester dieser Station; es ist Ihre Pflicht und Schuldigkeit, meinen Anordnungen nachzukommen.«

»So, glauben Sie das wirklich?«

»Sie wissen ganz genau, daß dem so ist. Ich bin die Oberschwester hier.«

»Hm, nette Oberschwester das!«

Es kostete Anne große Anstrengung, Ruhe und Vernunft zu bewahren. Sie machte noch einen letzten Versuch, die Situation zu retten: »Warum sind Sie eigentlich so aufgebracht gegen mich, Schwester Gregg? Ich habe unendliche Geduld mit Ihnen gehabt, seit Sie hier arbeiten. Sie haben nicht gut gearbeitet, Sie wissen das genau. Und das in einer Zeit, wo wir schwere Fälle auf der Station haben, Patienten, die zwischen Tod und Leben schweben.«

»Darüber machten Sie sich in Shereford kaum Gedanken, wenigstens nach dem Grund Ihrer plötzlichen Entlassung dort zu urteilen.«

Schwester Gregg deckte jetzt rachsüchtig ihre Karten auf.

Anne schaute überlegen über sie hinweg. »Wir wollen diese Diskussion nicht fortsetzen. Ich bitte nochmals dringend, hier Ordnung zu schaffen. Ist das nicht bis morgen tadellos erledigt, werde ich der Oberin von Ihrem Ungehorsam Mitteilung machen müssen.«

Schwester Gregg wurde bleich vor lauter Wut. Außer Fassung darüber, daß Anne sie zum Gehorsam zwingen wollte, ließ sie alle angehäufte Bosheit in ihrer Antwort ausklingen:

»Ich komme mit Ihnen zur Oberin. Bestimmt. Auch ich habe ihr etwas zu sagen. Wollen Sie bloßgestellt werden? Na, dieser Wunsch kann dann in Erfüllung gehen. Wir wollen doch sehen, wer am besten abschneidet...«

Anne tat, als hätte sie nichts gehört. Mit eisiger Ruhe ging sie an der Schwester vorbei und sofort auf ihr Zimmer. Müde saß sie eine Weile auf ihrem Bett und preßte die Hand an die schmerzende Stirne. Trotz äußerer Ruhe klopfte ihr Herz zum Zerspringen. Von allen Aufregungen und Sorgen dieser letzten Wochen zermürbt, war sie den Tränen nahe. Doch bald hatte sie sich wieder fest in der Hand. Nur jetzt nicht schwach werden, keine Zeit verlieren. Was auch kommen würde, sie wollte sich durchbeißen. Schnell ließ sie alle Möglichkeiten an sich vorüberziehen. Wenn sie wartete, bis Eliza Gregg die Oberin mit dieser Shereford-Geschichte beunruhigte, war sicherlich alles verloren. So freundlich die Oberin Melville sie auch aufgenommen hatte, dies hätte ihre Entlassung bedeutet. Und Dr. Prescotts Zeugnis? Überhaupt, wie würde er wohl über diesen Teil ihrer Vergangenheit denken?

Beim Gedanken an ihn gewann sie auf einmal Festigkeit. Hier war der einzige Mensch, dem sie voll und ganz vertrauen konnte. Intuitiv fühlte sie, daß sie ihn aufsuchen und ihn um Rat bitten sollte, mochte es ihren Stolz kosten, was es wolle. Sie brauchte Lucy ja nicht bloßzustellen, konnte einfach die Tatsachen angeben. Und wenn er ihr auch kühl begegnen würde – Glauben würde er ihr sicher schenken, davon war sie überzeugt.

Ein letztes Zaudern, und der Stolz war besiegt. Es galt keine Zeit zu verlieren. Gut, daß sie gerade ihren freien Nachmittag hatte. Schnell zog sie sich um, warf einen Mantel über, verließ das Krankenhaus durch ein Seitenpförtchen und schlug den Weg zur Wimpole Street ein.

Dr. Prescott stand geistesabwesend am Fenster seines Konsultationszimmers. Er hatte Glück gehabt mit seinem Ruf an die St. Martin-Klinik, und seine eigene Praxis wuchs ihm beinahe über den Kopf. Sein Vortrag in der Lister-Gesellschaft war mit großem Beifall aufgenommen worden. Er besaß einflußreiche Freunde in London, darunter einen alten Studienfreund, John Lowe, der ihn auch in seinen Klub eingeführt hatte. Dieser hatte ihm angedeutet, daß demnächst irgendwelche Reformen in Fragen der Volksgesundheit zur Parlamentsberatung kämen, da könnte vielleicht auch sein eigener Plan, eine chirurgische Klinik für Gehirnverletzungen, geschickt propagiert werden.

So hatte Dr. Prescott ganz offensichtlich allen Grund, sich zu beglückwünschen und zufrieden zu sein; doch sein Blick, den er jetzt gelangweilt ein paar Spatzen auf seinem Hofe nachschickte, war weder glücklich noch befriedigt. Eher zeigte er den Ausdruck eines Menschen, der sich schon lange irgendwie um das Beste selbst betrügt. Und wenn er auch noch so sehr dagegen ankämpfte, endlich wurde es ihm sonnenklar, warum das Leben und aller Erfolg jeglichen Reiz für ihn verloren hatten.

Seufzend wandte er sich seinem Arbeitstisch zu und begann nachdenklich seine Papiere zu ordnen. Plötzlich klopfte es an die Türe, und seine Assistentin, schon im Fortgehen begriffen, kam herein: »Gerade ist noch jemand gekommen, Herr Doktor, eine Schwester. Sie ist nicht angemeldet. Ich sagte ihr, sie sei zu spät. Sie behauptet, Sie würden sie kennen und vielleicht doch noch annehmen? Ihr Name ist Lee.«

Dr. Prescotts Gesicht blieb unbeweglich. Eine Weile verharrte er schweigend, bewußt, daß hier das Schicksal seinem Wunsch entgegenkam. Dann sagte er mit einer ihm selbst fremden Stimme: »Bitten Sie die Schwester herein.«

Nervös, bleich und abgespannt erschien Anne auf der Schwelle. Hatte sie einen abweisenden, kühlen Empfang erwartet, so wurde sie jetzt schnell beruhigt; Dr. Prescott kam ihr sogar entgegen und gab ihr fest und ruhig die Hand. Als sie Platz genommen, betrachtete er sie aufmerksam von seinem Schreibtischplatz aus.

Anne errötete und senkte den Blick. Bei seiner Ruhe und Freundlichkeit beschlich sie eine plötzliche Schwäche. Tapfer kämpfte sie dagegen an und zwang sich zum Reden.

»Es ist so schwierig für mich, Herr Doktor, Ihnen mein Kommen zu erklären. Hoffentlich halten Sie mich nicht für anmaßend. Aber ich habe Ihre Hilfe dringend nötig.«

»Schon gut, legen Sie nur los.«

»Meine Geschichte ist aber lang, ich möchte Ihre Geduld nicht zu sehr in Anspruch nehmen.« Und allen Mut zusammenraffend fing sie an, so kurz und klar wie möglich den ganzen unglücklichen Fall von Shereford zu erzählen. Sie nannte keine Namen, erwähnte nur, daß sie die Schuld auf sich genommen, und wie dieses Gespenst der Vergangenheit ihr im Augenblick neues Unheil zu bringen drohe.

Schweigend horchte er, kein Auge von ihr lassend. Als sie geendet, sprach er ihr beruhigend zu. »Sie müssen jene Schwester sehr lieb gehabt haben, daß Sie sich so selbstlos für sie einsetzten. Wer war sie? Sagen Sie es mir offen. Im Augenblick ist wahrhaftig keine Selbstaufopferung am Platz. War es Ihre eigene Schwester?«

»Ja, Herr Doktor.« Sie konnte ihm nicht ausweichen, und eigentlich hatte seine Einfühlung ihr ja die Antwort schon vorweggenommen.

»Das muß ich schon sagen, Ihr Tun war sehr tapfer; doch – ich kann mir nicht helfen, es war ein großer Fehler dabei. Eine gerechte Strafe wäre für Ihre Schwester eine heilsame Lektion gewesen und hätte sie vielleicht aus einer nachlässigen in eine zuverlässige Pflegerin verwandelt. Wie steht's denn jetzt mit ihr? Ist sie immer noch in Shereford?«

»Nein, sie ist in London.«

»Wo?«

Anne wurde die Antwort verzweifelt schwer. Endlich brachte sie stockend heraus: »Sie pflegt in einer Privatklinik – im – Rolgrave.«

»Im Rolgrave?« Wie elektrisiert sprang Prescott in die Höhe. »Das ist ein ganz abscheuliches Nest, da müssen wir sie herausholen!«

Sie schwiegen. Prescott hatte sich wieder gesetzt, und sein Blick umfaßte voll Mitgefühl die schlanke Gestalt, das schmale, liebreizende Gesicht. In diesem Augenblick wurde ihm eigentlich erst so recht bewußt, wie lieb sie ihm war, wie glücklich es ihn machte, sie wiederzusehen. Es freute ihn ungemein, eine Gelegenheit zu haben, ihr zu helfen.

Frauen hatten selten irgendwelchen tieferen Eindruck auf ihn gemacht. Schon der bloße Gedanke an die Liebe zu einer Krankenschwester hätte ihn noch vor wenigen Wochen zum Lachen gebracht. Nun schien ihm seine frühere Haltung Schwester Lee gegenüber wie eine krasse Verdrehung der wahren Tatsachen. Immer hatte er ihre berufliche Beziehung zueinander unterstrichen, wohl einfach, weil er unbewußt sich selbst mißtraute und fürchtete, aus der Rolle zu fallen. Damit war's nun Gott sei Dank endgültig aus. Er erlaubte sich, diese Gedanken wenigstens in etwa zu Wort kommen zu lassen.

»Ich kann Ihnen gar nicht sagen, wie es mich freut, daß Sie gerade zu mir kamen. Ich vermag Ihnen bestimmt zu helfen. Die Oberin Melville ist eine meiner ältesten Freundinnen. Ich richte ein Treffen mit ihr noch für heute abend ein. Dann wollen wir einmal den sonderbaren Selbstaufopferungsgedanken ihrer neuen Abteilungsschwester ein wenig unter die Lupe nehmen. Inzwischen verhalten Sie sich ganz ruhig; unternehmen Sie gar nichts. Miss Melville und ich werden die ganze Sache in die Hand nehmen.«

Sie suchte, überwältigt von seiner Güte, nach Dankesworten, doch er unterbrach sie: »Bitte, nicht danken. Es ist nur eine kleine Wiedergutmachung für die häßliche Art und Weise, mit der ich Ihnen bei unserem letzten Zusammentreffen begegnete. Ich war überreizt und verärgert; unser guter Bowley hatte mich schwer enttäuscht. Ich sah nicht klar. Endlich sehe ich völlig klar!«

Verwirrt von seinen Worten, erhob sie sich. Er begleitete sie zur Haustüre. »Eines noch«, begann er hier, »wollen Sie auch etwas für mich tun?«

»Aber gewiß, und wie gerne!« erwiderte sie rasch.

»Erinnern Sie sich noch an unsere improvisierte kleine Mahlzeit nach jenem Autounglück? Wenn alles nach Wunsch geht heute abend, wollen Sie mir dann zur Belohnung die Freude machen und morgen irgendwo mit mir zu Abend essen?«

Das kam so unerwartet, daß Anne nur verwirrt und ungeschickt murmelte: »Dann stehe ich ja noch mehr in Ihrer Schuld. Aber ich komme gerne, sehr gerne.«

»Also, abgemacht. Ich schicke Ihnen ein paar Zeilen ins Krankenhaus.«

Im nächsten Augenblick schon hatte er sich verabschiedet, und Anne spürte noch lange seinen festen Händedruck.

Am anderen Morgen machte Schwester Lee schon frühzeitig die Runde auf ihrer Station. Trotz Prescotts Ermutigung konnte sie sich einer leisen Bangigkeit nicht erwehren. Anscheinend hatte sich inzwischen nichts Wesentliches ereignet. Sie hatte weder die Oberin zu Gesicht bekommen noch irgendeine Nachricht erhalten.

So früh Anne auch auf ihrem Posten war – Schwester Gregg war noch früher. Übernächtigt und bedrückt, aber mit größerer Sorgfalt als je gekleidet, stand sie wartend und dienstbereit an der Laboratoriumstüre.

»Guten Morgen, Schwester Lee«, sagte sie, »ich habe das ganze Laboratorium aufgeräumt und alle Reagenzgläser und Apparate gesäubert. Ich hoffe, daß Sie jetzt zufrieden sein werden.« Nervös hielt sie die Türe weit offen, damit Anne sich mühelos überzeugen konnte.

Das Laboratorium war tatsächlich in tadelloser Ordnung, sogar der Boden glänzte. Man sah, Eliza Gregg hatte wirklich ihr Bestes getan. In aller Herrgottsfrühe schon hatte die Oberin mit Schwester Gregg gesprochen und ihr im Nu andere Begriffe beigebracht.

»Und ich hoffe auch, Sie tragen mir nicht nach, was ich gestern sagte, Schwester Lee. Ich weiß jetzt, daß ich Ihnen Unrecht tat – und es tut mir ehrlich leid...« fügte sie reuig hinzu.

Mit verständnisvollem Blick umfaßte Anne die zerknirschte Gestalt. Sie hatte es in der Hand, Vergeltung zu üben und der anderen die Hölle auf Erden zu bereiten. Dergleichen kam ihr gar nicht in den Sinn. Ihr Herz war von Mitleid erfüllt mit der reuigen Schwester.

»Wir alle machen Fehler, Schwester, ich bin sicher, von jetzt an werden Sie besser arbeiten. Wir wollen dann im nächsten Monat sehen, ob sich nicht einmal ein freier Sonntag für Sie einrichten läßt.«

Ungläubig staunend starrte Eliza Gregg Anne an. Ihre Augen füllten sich mit Tränen, und schluchzend rief sie aus: »Oh, es tut mir leid, es tut mir aufrichtig leid, Schwester Lee. Bitte, bitte, verzeihen Sie mir. Ich könnte mich um meiner Schlechtigkeit willen hassen!«

Den ganzen Tag über fühlte Anne sich frei und unbeschwert, leichten und frohen Herzens und voll Vertrauen. Alles mußte nun gut werden. Schwester Gregg zerfloß förmlich in Dienstwilligkeit, fröhlicher Eifer erfaßte auch die beiden anderen Schwestern, und bald machte die Station wieder den alten geordneten Eindruck. Für Anne trug das Leben einen hellen Schimmer.

Sie war so vertieft in ihre Arbeit, daß sie sich geradezu mit einem kleinen Schrecken ihrer Verabredung für den Abend entsann, als sie in ihrem Zimmer ein kleines goldfarbenes Päckchen vorfand, das eine Orchidee und die kurze Nachricht »Manon, acht Uhr« enthielt. In sprachloser Verwirrung beugte sie sich über die wunderbare blaßlila Blüte; noch nie hatte sie Orchideen geschenkt bekommen. Bei aller Freude überkam sie ein leises Gefühl von Unbehagen – wo sollte sie ein Abendkleid hernehmen? Fast wünschte sie, nicht gehen zu müssen. Ein elegantes Restaurant war keine Umgebung für eine berufstätige Frau, eine im Kampf mit Leiden und Krankheit stehende Schwester. Es wollte ihr nicht gleich gelingen, sich umzustellen. Doch bald überwand sie diesen Gedanken; Dr. Prescott kannte sie ja gut genug, er erwartete sicher keine Modedame.

Sie mußte wirklich ein wenig über sich lachen, nahm ein Bad, frisierte sich sorgfältig und zog ihr neuestes Kleid an. Dann befestigte sie die Orchideenblüte – die Wirkung war einfach erstaunlich. Sie war der Dame von Welt wahrhaftig näher, als sie gedacht. »Um Himmels willen, wenn nur Leslie mich nicht so sieht, das würde ihr noch völlig den Kopf verdrehen.« Möglichst unauffällig versuchte sie die Klinik zu verlassen, nahm ein Taxi und war kurz vor der festgesetzten Zeit im Manon.

Ein angenehmes Lokal übrigens; ein langer, dämmriger Raum mit gepolsterten Bänken rings an den Wänden und kleinen Tischchen davor. In der Mitte ein mächtiges Büfett mit den köstlichsten kalten Platten und Früchten. Dr. Prescott war schon da und erhob sich bei ihrem Eintreten.

»Wunderbar pünktlich«, rief er aus, »ich dachte, das sei bei Frauen nicht möglich.«

»Aber das gehört doch zu meinem Beruf«, lachte Anne schelmisch. Sie gab sich vollkommen natürlich, fühlte sich frei und unbefangen in seiner Gegenwart, und er bemühte sich, ein guter Gesellschafter zu sein; für sie eine neue Seite seines Wesens. So jungenhaft sah er aus, ein richtiger guter Kamerad, und sie wünschte ihm im stillen alles Gute und alles Glück, das es nur geben konnte. Eine kleine Pause im Gespräch benutzte sie, um nach seiner Klinik zu fragen: »Haben Sie für Ihren eifrigsten Anhänger noch keine neue Nachricht?«

Er lachte frohgelaunt. »Einen ganzen Packen Nachrichten sogar. Mein Freund Lowe hat für die ganze Angelegenheit in politischen Kreisen Propaganda gemacht; gerade heute nachmittag kam ein Mitglied der Regierung, dessen Name noch ungenannt bleiben muß, zu mir, um mich nach meinen Plänen auszuforschen. Sie verstehen, ich sage dies ganz im Vertrauen.«

»Heißt das, daß die Regierung im Sinne hat, Sie voll und ganz zu unterstützen?«

Er nickte. »Grundsätzlich schon, vorerst ist es nur ein Kniff für die Wahlkampagne, sieht aber trotzdem sehr vielversprechend aus.«

»Herrlich! Tun Sie nur nicht, als wäre Ihnen gar nichts daran gelegen«, neckte sie ihn.

»Es bedeutet allerdings viel für mich, aber längst nicht alles.« Sie spürte nicht die leichte Veränderung in seinem Ton und Verhalten ihr gegenüber und verstand seine Andeutung nicht. Gemütlich plaudernd tranken sie ihren schwarzen Kaffee und machten sich erst auf den Heimweg, als das Ende ihrer Freizeit nahte.

Und dann geschah das Schreckliche: als sie vor dem Restaurant auf das Taxi warteten, hielt ihnen ein kleiner Zeitungsjunge aufgeregt das Abendblatt unter die Nase und schrie ihnen zu: »Selbstmord einer Schauspielerin. Westend-Privatklinik polizeilich durchsucht...« Und auf seinem umgeschnallten Plakat stand in großen Buchstaben der Name Irene Dallas. Entsetzt starrte Anne darauf. Prescott kaufte die Ausgabe und überflog sie beim hellen Schein der Straßenlampe. Plötzlich entfuhr ihm ein Schreckensruf, und er sah Anne schmerzlich überrascht an. Sie ahnte Schlimmes. »Die Rolgrave-Klinik – sie sind dort in ernstlichen Schwierigkeiten.«

Sie nahm ihm die Zeitung aus der Hand. Ja, es war so. Irene

Dallas, der Filmstar, hatte sich, offenbar unter dem Einfluß eines narkotischen Mittels, aus einem Fenster des obersten Stockwerks gestürzt. Die endlich in Bewegung gebrachte Polizei durchsuchte sofort das ganze Haus. Mrs. Sullivan, die Besitzerin, und auch die Privatpflegerin der Dallas – Lucy Lee – waren verhaftet worden.

Bleich und fassungslos sah Anne zu ihm auf: »Ich muß sofort zu ihr.«

»Ja, das müssen Sie wohl«, stimmte Prescott zögernd zu, »und ich komme mit Ihnen.«

Neun Uhr am nächsten Morgen; Dr. Prescott war schon im Anwaltsbüro und hatte eine Unterredung mit seinem Freund Lowe, dem Kronanwalt Sir John Lowe. In einem der abgenutzten Sessel versunken, schaute er unentwegt auf den Teppich zu seinen Füßen, während Lowe noch einmal alle Einwände wiederholte, die er bereits eine halbe Stunde lang vorgebracht hatte.

»Du hast nichts zu gewinnen, aber alles zu verlieren, wenn du dich für diese Lucy Lee einsetzt, mein lieber Prescott, dich mit einem Fall in Verbindung bringst, der viel Staub aufwirbeln wird. Etwas wird ganz sicher an dir hängen bleiben, du magst noch so unschuldig sein.« Bei aller Freundlichkeit grub sich ein sarkastischer Zug in sein hageres, starkknochiges Gesicht.

»Eines steht fest«, fuhr er fort, »dieser Fall wird nicht vor einem gewöhnlichen Gerichtshof verhandelt werden, er ist zu verwickelt. Man wird ihn vors Strafgericht bringen. Das heißt, ihn noch mehr an die Öffentlichkeit zerren. Kommt es heraus, daß du an dieser Sache interessiert bist – du weißt ja selbst, die Stadt ist ein abscheuliches Klatschnest –, so wird dich die Regierung fallen lassen, und alle unsere Erwartungen auf einen Staatsbeitrag für deine Klinik werden in Nichts zerrinnen.«

Eine Weile fiel kein weiteres Wort. Dr. Prescott anerkannte die wohlbegründete Meinung seines erfahrenen Freundes Lowe, der als Jurist eine bedeutende Stellung einnahm. Aber trotz allem befestigte sich nur sein Entschluß.

»Siehst du denn nicht, lieber Robert«, wandte Lowe wieder ein, »daß man dich, wenn du dich in diese leidige Affäre verwickelst, als Experten aufrufen wird? Soviel ich sehen kann, hatte diese elende Irene Dallas keinen kompetenten ärztlichen Berater; sie war ein Schützling dieser berüchtigten Sullivan. Das bedeutet praktisch, daß kein vernünftiger Arzt bereit sein wird, ein Wort für sie einzulegen. Und du, ausgerechnet du, willst dich einmischen und Zeuge sein.«

Prescott sah entschlossener aus als je. »Tut mir leid, Lowe, ich unterschreibe alles, was du sagst, und wünschte nur, ich könnte dir mein Verhalten näher erklären. Aber alles, was ich sagen kann, ist, daß ich mein Wort gab, dieser Schwester zu helfen. Und helfen *muß* ich ihr.«

Lowe seufzte und warf seinen Bleistift auf den Schreibtisch.

»Na, gut«, meinte er verzweifelt, »so werde ich dich wohl oder übel in deiner Verrücktheit unterstützen müssen, und gegen dein Interesse und meine Meinung den Fall übernehmen. Nicht für die Sullivan, nur für dein unerfahrenes Krankenschwesterchen.«

Bei aller Schroffheit seines Tons spürte Dr. Prescott doch sein freundschaftlich-gütiges Entgegenkommen, und ein dumpfes Gefühl von Zufriedenheit überflutete ihn. Wie groß auch das Risiko für ihn sein mochte – er hatte Annes Schwester jedenfalls den besten Rechtsanwalt Londons gesichert.

Am fünften Juli kam der Rolgrave-Fall zur Verhandlung. Schon in den frühen Morgenstunden war der Gerichtssaal zum Bersten voll, und Dr. Prescott, der um halb elf anlangte, war froh, daß er Anne nicht erlaubt hatte, mitzukommen. Die Hitze und der Lärm in dem vollgepfropften Saal waren schier unerträglich. Mühsam kämpfte er sich einen Weg durch die Menge und fand einen Platz gleich hinter den Sitzen der Anwälte. Lowe, der auch gerade erschienen war, wechselte ein paar Worte mit ihm. Staatsanwalt Dr. Drewett, eine stattliche Erscheinung mit buschigen Augenbrauen, der Dr. Prescott gut kannte, grüßte kaum und warf ihm einen sonderbaren, vielsagenden Blick zu.

Plötzlich stieg die Erregung im Saal; die Spannung wuchs... Die beiden Angeklagten wurden hereingeführt: Mrs. Sullivan, gefolgt von Lucy, betrat die Anklagebank. Hälse reckten sich, aller Augen waren auf die beiden gerichtet. Prescott verabscheute die zudringliche Neugier der Masse und wandte sich angewidert ab. Aber einmal mußte er Lucy doch ansehen. Sie stand da wie versteinert; alles Leben schien aus ihr gewichen. Die Arme hingen schlaff herab, und das wächserne Gesicht hatte etwas Maskenhaftes. Es war, als hätte die Angst sie gelähmt und jegliches Empfinden ausgelöscht. Anders Mrs. Sullivan, die Besitzerin der Rolgrave-Klinik, die sich ganz ungeniert der Öffentlichkeit präsentierte und sich anscheinend im grellen Rampenlicht wohl und zu Hause fühlte.

In diesem Augenblick wurde Ruhe geboten. Alles erhob sich. In wehendem Gewand und mit gutsitzender Perücke trat der Richter ein, eine imposante Erscheinung. Den Geschworenen wurde der Eid abgenommen; ein Gerichtsbeamter verlas die Anklage:

»... daß die Angeklagten am zehnten Juni in der Rolgrave-Klinik, Westend, im Besitze von Arzneimitteln – nämlich

Morphium, Heroin und Kokain – gewesen seien, ohne dazu ermächtigt zu sein, und daß sie am gleichen Tag einer gewissen Irene Dallas ein Betäubungsmittel verabreicht hätten, unter dessen Wirkung diese in selbstmörderischer Absicht aus dem Fenster sprang...«

Beide Angeklagten beteuerten ihre Unschuld.

Danach kamen die Kläger zu Wort. Dr. Prescott war ganz Auge und Ohr, als Zeugen aufgerufen wurden, die über die Art der verwendeten Arzneimittel Auskunft geben sollten. Dr. Bury vom Innenministerium bezeugte, daß bei der Obduktion der Leiche der Irene Dallas Heroin festgestellt worden sei. Am Schluß seiner Ausführungen erhob sich plötzlich Lowe in seiner ganzen Größe.

»Herr Doktor Bury, darf ich fragen, hat die Obduktion der Leiche ein tödliches Quantum Heroin zutage gebracht?«

»Nein, das allerdings nicht; es war nicht gerade ein tödliches Quantum.«

Wachtmeister Roberts ergriff das Wort: Er habe Mrs. Sullivan und die Pflegerin der Dallas in der Klinik verhaftet. Seine Ausführungen warfen mehr Licht auf die Sache. Danach hatte Mrs. Sullivan sich geweigert, irgendwelche Aussagen zu machen, während die Pflegerin, Lucy Lee, sofort zugegeben hatte: »Ich machte die Einspritzung mit Heroin; es war die Normaldosis. Ich führte nur aus, was angeordnet worden war.«

Das war die günstige Gelegenheit, auf die Lowe gewartet. Als der Wachtmeister geendet, sprang er impulsiv auf und wandte sich an den Richter.

»Gestatten Sie mir eine Bemerkung. Nach meiner Meinung liegt überhaupt kein Grund vor zur Anklage gegen Schwester Lee. Erlauben Sie mir bitte, einen Fachmann von Ruf aufzufordern, uns zu beweisen, daß jede Pflegerin unter den soeben beschriebenen Umständen moralisch und gesetzlich verpflichtet ist, die Instruktionen auszuführen, die ihr vom Arzt oder der leitenden Schwester gegeben werden.«

Eine Woge der Unruhe ging durch den Saal. Dr. Prescott wurde von der allgemeinen Erregung mitgerissen; er wußte um Lowes glänzende Taktik; ihr Erfolg bedeutete die Hinfälligkeit der Anklage gegen Lucy. Auch andere waren zu diesem Schluß gekommen; Drewett, als Kläger, stand schon zu lautem Protest bereit; der Verteidiger Mrs. Sullivans mischte sich in den Kampf. Es gab eine lange fachliche Diskussion, bis der Richter die Hand erhob und Schweigen gebot. Und zu Sir John geneigt, meinte er gütig:

»Nun, Sir John, möchten wir hören, was Sie zu sagen haben.«

Lowe verneigte sich zustimmend. Er gab zu verstehen, daß er Dr. Prescott das Wort erteilen wolle. Beim Klang seines Namens fuhr Dr. Prescott zusammen. Mit innerem Zittern, nach außen vollkommen ruhig, betrat er die Zeugenbank. Er hörte förmlich das kratzende Geräusch, mit dem die Federn der Presseleute eifrigst über das Papier fuhren. Alle Augen fühlte er auf sich gerichtet. In diesem Moment war er der Mittelpunkt der Versammlung.

Nachdem Lowe Dr. Prescotts Identität festgestellt hatte, wandte er sich mit betonter Eindringlichkeit an ihn.

»Beantworten Sie mir bitte folgendes, Herr Doktor. Wenn Sie als Arzt einer Pflegerin eine Anordnung geben, erwarten Sie dann, daß die Pflegerin sie ausführt?«

»Unter allen Umständen. Das ist von grundlegender Bedeutung für alle medizinische Zusammenarbeit.«

»Ganz meiner Meinung. Und wenn nun eine leitende Schwester oder Oberin einer Pflegerin eine Anweisung gibt, wird dasselbe von ihr erwartet?«

»Ja, selbstverständlich«, betonte Dr. Prescott ohne das geringste Zögern.

»Und wenn die Pflegerin Ihre Anordnung nicht ausführt – würde das als Pflichtverletzung angesehen?«

»Ja, ganz gewiß.«

»Könnte sie entlassen werden oder sich einer anderen Strafe aussetzen?«

»Ja, bestimmt.«

»Und haben Sie jemals in Ihrer eigenen Praxis einer Schwester den Auftrag gegeben, eine Einspritzung mit gerade diesem Mittel zu machen, das die Ankläger als Betäubungsmittel bezeichnen?«

»Ja.«

»Ist Ihnen je eine Oberin oder eine leitende Schwester begegnet, die eine solche Einspritzung anordnete?«

»Jawohl.«

»Und ist die Pflegerin, der man einen solchen Auftrag gibt, unter allen Umständen dazu verpflichtet, die Injektion zu machen?«

»Ja, sie ist dazu verpflichtet.«

Lowe lächelte gütig und schaltete hier bewußt eine Pause ein.

»Danke, Herr Doktor Prescott.«

Er wartete, bis Dr. Prescott an seinen Platz zurückgegangen war, dann wandte er sich, noch immer leicht lächelnd, an den Richter.

»Im Hinblick auf die Aussagen, die wir soeben gehört haben, vertrete ich die Auffassung, daß jeder Grund zur Anklage gegen meine Klientin hinfällig ist. Im Augenblick ihrer Verhaftung hat die Schwester selbst bemerkt, daß sie nur getan, was ihr befohlen, was sie deshalb mit Recht als ihre Pflicht ansah. Die Last der Beweise und die ganze Verantwortung ruht allein auf der Besitzerin der Klinik.«

Hier legte der Verteidiger Mrs. Sullivans scharfen Protest ein, aber der Richter gebot Schweigen. Ein weiterer Einwand kam von Mr. Drewett, dem Lowe ruhig eine klare Entgegnung gab.

»Wenn mein verehrter Kollege meint, die Rolgrave-Klinik sei kein Platz für anständige Schwestern, so muß ich ihn darauf aufmerksam machen, daß beim heutigen Stand ihres Berufes eine unbemittelte Schwester nicht in der Lage ist auszuwählen, sondern dort Arbeit annimmt, wo sie welche findet. Und weil ich, hochverehrter Herr Richter, Ihre wertvolle Zeit nicht mit weiteren Ausführungen dieser traurigen Wahrheit behelligen möchte, schlage ich höflich vor, den Fall meiner Klientin für erledigt zu erklären.«

Dr. Prescott hielt den Atem an, als der Richter zu sprechen begann. Alles hing von den nächsten schwerwiegenden Worten ab. Kühl und sachlich durchging der erfahrene Mann noch einmal die wenigen Zeugenaussagen. Ernst mahnte er Lucy, nicht gefährliche Verbindungen einzugehen. Dann fügte er im Ton ruhiger Entschiedenheit hinzu: »Die Anklage gegen Schwester Lee ist hinfällig, Ich erkläre diesen Teil der Verhandlung für erledigt.«

Dr. Prescotts erster Gedanke galt Anne. So schnell wie möglich wollte er ihr die frohe Botschaft bringen. Stürmisch bahnte er sich einen Weg durch die erregte Menschenmenge und eilte zu einem Telefon. Ungeduldig wartete er. Endlich hörte er ihre Stimme, ganz nahe, noch durchzittert von aller Anspannung und Ungeduld der langen Wartezeit.

»Alles in Ordnung, alles, alles in Ordnung!« rief er triumphierend. Ein leiser Aufschrei. »Ich werde sie gleich vom Gerichtshof mit mir nehmen, ihr irgendwo Tee geben und sie Ihnen dann gegen sechs Uhr schicken. Sie wird vor dem Spital auf Sie warten.«

»Danke tausendmal, von ganzem Herzen.« Ihre Worte kamen stockend. »Nie, nie vergesse ich, was Sie heute für Lucy getan – und auch für mich.«

Ein warmes Glücksgefühl überwältigte ihn. Annes herzliche Dankbarkeit dünkte ihn reicher Lohn für alle Mühe. Nun aber zurück zum Gerichtshof. Im Warteraum fand er Lucy. Sie hatte sich ein wenig erfrischt und sah besser aus. Etwas von ihrer Starrheit war verschwunden; aber ihre geröteten, verschwollenen Augen, ihre ganze eingeschüchterte, klägliche Haltung zeigten noch deutlich die Spuren ausgestandener Qual. Sie kam auf ihn zu und drückte ihm wortlos die Hand. Und trotz allem empfand er plötzlich aufrichtiges Mitleid mit ihr.

Er führte sie aus dem Gebäude und rief ein Taxi herbei, das er in einer ruhigen Seitenstraße vor einer kleinen Konditorei halten ließ. Er brachte es nicht übers Herz, hart mit ihr zu sein. Was sie sich auch hatte zuschulden kommen lassen, und was es ihn gekostet haben mochte, ihr beizustehen – sie war Annes Schwester. Beruhigend redete er auf sie ein: »Regen Sie sich nun nicht mehr auf; jetzt ist ja alles glücklich überstanden.«

»Oh, ich kann nichts dafür«, schluchzte sie und preßte ihr tränennasses Taschentuch gegen die verschwollenen Augen. »Was Sie für mich aussagten, daß ich nur tat, was mir befohlen, ist schon wahr. Aber ich war eine schlechte Pflegerin. Darüber komme ich nicht hinweg. Etwas ganz Schreckliches ereignete sich durch meine Nachlässigkeit auch schon in Shereford, wo ich Lernschwester war ...« Schluchzen erstickte ihre Stimme. »Und jetzt noch dies. Diese furchtbare Schande. Ohne Ihre Hilfe wäre ich wahrscheinlich ins Gefängnis gekommen. Ich hätte niemals in diese Klinik sollen; ich wußte genau, daß dort nicht alles stimmte. Aber ich war töricht und selbstsüchtig und wollte das Leben genießen.«

»Und wollen Sie jetzt nicht einmal ganz neu anfangen?«

Verwirrt und stumm blickte sie ihn an. Dann ließ sie den Kopf hängen. »Wer würde mich denn nach all dem noch nehmen?«

»Ich habe eine Idee«, sagte er schlicht, »einen Vorschlag, der zu überlegen wäre...«

Erwartungsvoll sah sie zu ihm auf, leisen Hoffnungsschimmer in den Augen. »Oh, ich bin ganz sicher, ich könnte eine gute Schwester sein«, rief sie leidenschaftlich aus, »wenn ich allen Ernstes wollte. Als ich mit Anne zusammen lernte, liebte ich meine Arbeit.«

»Ich will Ihnen zu einem Neuanfang verhelfen. Hören Sie gut zu: In einem Tal von Süd-Wales ist epidemische Meningitis ausgebrochen. In Bryngower, einer kleinen Stadt. Es ist absolut uninteressant, nicht gerade schön dort und die Krankheit durchaus nicht angenehm. Aber man braucht dringend Schwestern, man ist schlecht organisiert, die wenigen Schwestern brechen fast unter der Last der Arbeit zusammen. Man wird Sie gewiß willkommen heißen. Ich wäre bereit, alles für Sie in die Wege zu leiten. Die einzige Frage ist: Können Sie sich dazu entschließen?«

In diesem kritischen Augenblick herrschte fast vollkommene Stille auf der Straße und auch drinnen in der kleinen Konditorei; es schien, als ob Lucys Zukunft, ihre seelische Gesundung, das innere und äußere Gleichgewicht ihres Lebens gleichsam an einem dünnen Faden hingen...

Plötzlich gab sie sich einen Ruck, und mit einer entschlossenen Bewegung, die ihn ganz an Anne erinnerte, rief sie aus: »Ja, ich will nach Bryngower, am liebsten sofort.«

Am folgenden Morgen erwachte Dr. Prescott mit einem Gefühl großer Erleichterung. Was es ihn auch beruflich gekostet haben mochte – er hatte erreicht, was er wollte. Nun sollte ihm aber auch die Belohnung dafür zufallen; heute noch wollte er Anne seine Liebe gestehen.

Beim Frühstück klingelte das Telefon; es war Lowe.

»Guten Morgen«, seine Stimme klang barsch, »wie geht es dir? Bereust du nichts?«

»Gar nichts.«

»Selbst nach dem Zeitungsgeschrei von heute früh nicht?«

»Ich habe noch keine Zeitung gelesen.«

»Na«, Lowe konnte einen leisen Spott nicht unterdrücken, »das nennt man Vogel Strauß spielen. Ich fürchte, ich behalte recht. Ich sprach Ogilvy gestern abend; mit dem Staatsbeitrag ist es aus...«

Sonderbarerweise berührte diese Mitteilung Dr. Prescott nicht sonderlich.

»Ich kann es nicht ändern, guter Junge, du hast mich ja darauf vorbereitet. Es ändert auch nichts an meiner Dankesschuld dir gegenüber.«

Dr. Prescotts heitere Gemüstverfassung war einfach nicht unterzukriegen. Er frühstückte mit größerem Appetit als seit Wochen. Dann ging er in sein Konsultationszimmer hinüber, um den ersten Patienten zu empfangen. Fast gleichzeitig läutete es, und an Stelle des erwarteten Patienten kam – Anne. Überrascht ging er ihr entgegen. Freudestrahlend drückte sie ihm die Hand und dankte ihm mit bewegten Worten.

»Nicht nur halfen Sie Lucy aus dieser peinlichen, verhängnisvollen Lage, Sie ermutigten sie auch erfolgreich zu einem neuen Anfang. Dieser Gedanke mit Bryngower ist einfach glänzend.«

»Das freut mich.« Dr. Prescott fuhr mit der Hand glättend über einige Papiere auf seinem Schreibtisch. Annes großer Liebreiz machte ihn unerklärlich nervös.

»Es wird aber dort anstrengende und nicht ungefährliche Arbeit für Ihre Schwester geben; sie soll sich vorsehen, Meningitis ist keine Kleinigkeit.«

»Schwesternarbeit ist nie eine Kleinigkeit.« Anne lachte

tatsächlich ein wenig. Sie war so voller Glück und Begeisterung. Er betrachtete sie verstohlen und begann mit ruhiger Miene, hinter der sich seine tiefinnere Bewegung verbarg: »Darf ich Sie heute zum Mittagessen einladen? Es wäre eine große Freude für mich, und ich habe Ihnen viel zu sagen.« Ein Schatten der Enttäuschung huschte über ihr fröhliches Gesicht. »Das wird leider nicht möglich sein; der Zug nach Cardiff fährt schon um halb zwei.«

»Aber wir könnten ja zu Mittag essen, wenn Ihre Schwester abgefahren ist?«

»Wie? Aber verstehen Sie denn nicht, Herr Doktor, ich fahre natürlich mit ihr.«

»Sie fahren mit?« Es verschlug ihm fast die Stimme.

»Ja, ja«, rief sie überglücklich. »Miss Melville, die Gute, hatte soviel Verständnis und gab mir die Erlaubnis...«

»Aber...« Er fand einfach keine Worte.

»Ich denke gar nicht daran, Lucy allein gehen zu lassen. Gerade jetzt hat sie mich bitter nötig, braucht jemanden, der sie ermutigt, wenn sie niedergeschlagen und müde ist. Und außerdem...« – ein schönes Lächeln glitt über ihre Züge – »wie Sie selbst sagten, ist die Arbeit gefährlich. Ich wäre wirklich eine nette Schwester, hier in Sicherheit zu bleiben und sie dort alleine kämpfen zu lassen.«

Sein Gesichtsausdruck war jetzt sehr ernst; er versuchte sie von ihrem Vorhaben abzubringen: »Bitte gehen Sie nicht, ich habe einen besonderen Grund, Sie darum zu bitten.« »Aber ich verstehe gar nicht«, meinte sie ratlos und verwirrt, »was können Sie nur dagegen haben?«

Wie konnte er ihr nur seine Gründe einleuchtend darlegen? Ihre völlige Ahnungslosigkeit machte alles so heillos schwierig. »Ich mag Sie einfach nicht den Gefahren dort ausgesetzt wissen«, murmelte er.

»Aber Gefahren bringt doch meine Arbeit überall mit sich.

Ich möchte es so von ganzem Herzen. Ich wüßte wirklich nicht, was ich lieber täte...«

»Wahrhaftig? Ist Ihnen nichts lieber als Pflegen?«

»Natürlich, es ist mein Beruf, mein Leben! Sehen Sie nicht, wie glücklich es mich macht? Einfach herrlich, mit Lucy nach Bryngower zu gehen. Und alles verdanken wir Ihnen.«

Beklemmendes Schweigen folgte diesen Worten. Er empfand einen unerträglichen Druck im Kopf, eine wahre Zentnerlast auf dem Herzen. Dieser kurze Augenblick hatte alle sorglose Freude vom frühen Morgen ausgelöscht.

»Ja«, rang er sich endlich ab, »ich sehe, wie glücklich es Sie macht. Das war mir noch gar nicht so recht zum Bewußtsein gekommen. Aber jetzt verstehe ich. Sie werden mir doch erlauben, Sie wenigstens zum Zug zu bringen?« fügte er bitter hinzu.

Gegen sechs Uhr an diesem Abend stiegen Anne und Lucy auf der kleinen zugigen Station in Bryngower aus. Ein eigenartiges, vernachlässigtes Städtchen, dieses Bryngower, im schmalen Tal des Gower, eines schmutzigen gelben Flüßchens; rings von Bergen umgeben, inmitten kahler Höhenzüge und häßlicher Schutthalden, einsam und verlassen. Mit seinen unzähligen Arbeiterhäuschen, wie hingeduckt unter dem alles verpestenden Rauch und Qualm der brennenden Hochöfen, schien Bryngower das allerverlassenste Nest auf der Welt. Dieser Eindruck beherrschte auf jeden Fall Anne, als sie mit Lucy in den kleinen klapprigen Wagen stieg, der auf sie wartete. Während der Fahrt versuchte sie allerlei aus dem schweigsamen Fuhrmann herauszuholen.

»Ist es sehr weit zum Spital?«

»Etwa drei Kilometer; aber wir haben kein Krankenhaus.«

»Kein Krankenhaus?« Anne blickte ihn ganz verblüfft an.

Er schüttelte den Kopf. »Bloß die fünfzig Jahre alte Pokkenbaracke, damit müssen wir uns abfinden.«

Der erste Eindruck, den Anne und Lucy von dieser Notklinik empfingen, war alles andere als ermutigend. Auf trostlos verschlammtem Grund stand die Baracke mit niederem, dunklem, verrußtem Dach wie ein lauerndes Ungetüm. Das Schwesternhaus, ein neuerer Teil aus Asbest und Holz, war an das Hauptgebäude angebaut. Auf diese baufällige Hütte steuerten die beiden los. Ihr Zimmer übertraf die schlimmsten Befürchtungen; dieser winzige Raum, den sie teilen mußten, bestand aus dünnen Holzwänden und einem Wellblechdach, auf das gerade der Regen heftig niedertrommelte. Ein kleines Fenster mit zerbrochener Scheibe war die einzige Lichtquelle. Der Schimmel am Boden und an den Wänden zeugte von der hier herrschenden Feuchtigkeit.

Die beiden Schwestern standen noch schweigend in die Betrachtung ihres neuen Reiches versunken, als auf dem Gang Schritte ertönten und eine dunkelhaarige, ältere Schwester erschien. Die graue Tracht hing lose um ihre magere Gestalt, der ganze Mensch schien abgehetzt, müde, am Ende seiner Kraft.

»Ich bin Miss James, die leitende Schwester hier, und freue mich, daß Sie gekommen sind. Sind Sie gut gereist? Es tut mir leid, daß Ihr Zimmer nicht behaglich ist, aber wir sind so abgehetzt, so entsetzlich abgehetzt...« Ihre zusammenhanglosen Bemerkungen brachen plötzlich ab, nur die Hände bewegten sich noch mechanisch, und ein nervöses Zucken spielte um ihre Augen.

»Sie finden das Abendessen im Tagesraum; irgend etwas wird wohl schon da sein. Tut mir leid, daß es kalt ist, aber wir sind so entsetzlich abgehetzt. Ihr Arbeitsplan ist dort am schwarzen Brett angeschlagen. Ich muß Ihre Hilfe leider schon heute nacht in Anspruch nehmen, wir sind so schrecklich, so schrecklich...« Anne erfühlte das mechanisch sich wiederholende Ende voraus, ehe die ermüdete Oberin abbrach und mit mattem Lächeln verschwand.

Mit neugewonnener Einsicht meinte Lucy, die Arme müsse ja völlig am Ende ihrer Kraft sein. Die Schwestern erfrischten sich so gut sie konnten in dem winzigen Emailwaschbecken, ehe sie sich in den Tagesraum begaben. Ein Blick überzeugte sie dort von der Eintönigkeit und Kärglichkeit der Mahlzeit. Kaum hatten sie sich an den Tisch gesetzt, als Schritte im Korridor laut wurden und fünf Schwestern hereinkamen. Wortlos, halbtot von ihrer schweren Arbeit, schickten sie sich an, die magere aufgewärmte Kost zu verzehren. Ihre verschiedenen Trachten zeigten, daß sie aus den verschiedensten Krankenhäusern stammten.

Anne ließ sich von diesem gleichgültigen Empfang nicht abschrecken. Neben ihr hatte eine alte Schwester mit offenem, freundlichem Gesicht Platz genommen. Herzlich lächelte Anne ihr zu. Zuerst schien die andere unzugänglich, doch nach und nach taute sie auf und entwarf bald in leisem Ton ein eindrückliches Bild von der gegenwärtigen Situation in Bryngower.

Hier, in dieser Notklinik, gab es fünfzig Fälle epidemischer Meningitis, und die Zahl wuchs täglich. Die Krankheit war von einem Dockarbeiter aus Cardiff in die Nachbarschaft eingeschleppt worden. Schon bei seiner Ankunft todkrank, erlag er der Seuche rasch. Seither hatte man weitere vierzig Opfer begraben. Nach einer Eingabe an das Gesundheitsamt wurde ein ärztlicher Bevollmächtigter zur Untersuchung hergeschickt, ein gewisser Dr. Hespley. Dieser Grünschnabel, wie Schwester Davies ihn respektlos bezeichnete, entpuppte sich als ein kleinlicher Bürokrat, dessen Hauptziel es war, auf höheren Befehl das Bekanntwerden der Epidemie in der großen Öffentlichkeit zu verhindern. Die Ortsärzte, obgleich an sich schon mit Arbeit überhäuft, taten ihr Bestes, vor allem Dr. Forest, ein ungeschliffener, aber sehr wertvoller Mensch, der ungeachtet des Dazwischenkommens von Dr. Hespley die ganze medizinische Leitung in seinen Händen behielt. Er war es auch gewesen, der schon beim ersten Fall die Diagnose richtig gestellt und sofort das Serum hatte kommen lassen. Wenn nur Miss James etwas von seinem Mut und seiner Ausdauer gehabt hätte. Diese sah sich einer Aufgabe gegenüber, die weit über ihre Kraft und ihre Fähigkeiten ging und sie einem Zusammenbruch immer näher brachte.

Anne und Lucy folgten dem Bericht von Schwester Davies mit steigendem Interesse, und Lucy meinte: »Je eher wir uns an die Arbeit machen, desto besser.«

Gemeinsam betraten sie den langen niederen Krankensaal, in dem sich Bett an Bett reihte, so daß die roten Wolldecken auf beiden Seiten eine gerade Linie bildeten. Den durch drei abgeschirmte Petroleumlampen spärlich erleuchteten Raum erfüllte jenes unbeschreibliche Durcheinander, das ein verzweifelter pausenloser Kampf gegen den Tod mit sich bringt. Auf dem Mitteltisch lagen Eisbeutel verloren herum, entkorkte Flaschen standen daneben und die Fiebertabellen hingen nach allen Richtungen.

Annes geübtes Auge übersah alles mit umfassendem Blick. Sie wußte um die Schwierigkeiten bei plötzlich hereinbrechender Not. Sie wußte aber auch, daß trotz alledem in einem Krankensaal nie ein derartiger Zustand herrschen dürfe. Sie enthielt sich jeder Bemerkung hierüber und gab auch Lucy keine Befehle; in schweigendem Einverständnis fingen sie an, Ordnung zu schaffen. Nach zwei Stunden anhaltender Arbeit war der Saal nicht wiederzuerkennen. Gerade als Anne Lucy bitten wollte, doch ein paar Minuten frische Luft zu schnappen, wurde die Türe aufgerissen, und ein großer, schwerfälliger Mann in rauhem, schlechtsitzendem braunem Anzug trat wuchtigen Schrittes herein. Ein Paar kluge, erfahrene Augen strahlten unter buschigen Brauen; das mußte Dr. Forest sein. Anne erkannte ihn sofort. Bei dem ungewohnten Anblick des sich in Ordnung und Ruhe darbietenden Saales blieb er wie angewurzelt an der Tür stehen. Seinem prüfenden Blick entging auch nicht die geringste Kleinigkeit. Endlich entdeckte er Anne und Lucy, und indem er die beiden fest und eindringlich anblickte, polterte er los:

»Gerade erst gekommen, woher?«

»London.«

Anne antwortete ebenfalls lakonisch und erntete dafür ein kurzes beifälliges Kopfnicken. »Machen Sie beide die Runde mit mir«, brummelte er, »hier gibt's Arbeit für rechte Schwestern, und Gott sei Dank sehen Sie beide aus, als wären Sie alles andere als von Pappe.«

Weder Anne noch Lucy hatten je einen an Meningitis Erkrankten gepflegt. Nun sollten sie die verheerende Macht einer Infektion erleben, die in ihren Schrecken und ihrer Tücke die schwersten Formen tropischer Erkrankungen noch bei weitem übertrifft.

Viele der Fälle in Bryngower gehörten zum apoplektischen Typ. Die Ärmsten, scheinbar ganz wohl, wurden plötzlich von heftigem Frösteln überfallen, von Kopfschmerzen und fürchterlichen Krämpfen. Darauf folgten Lähmungserscheinungen. Innerhalb von vierundzwanzig Stunden war der Kranke tot.

Anne sorgte sich dermaßen, daß sie nachts nicht schlafen konnte. Sie hatte sofort erkannt, warum alle hier geleistete Arbeit ohne Erfolg bleiben mußte. Miss James war eine wohlmeinende Person, aber für diesen Posten vollkommen ungeeignet. Der gegenwärtigen Lage stand sie völlig ratlos gegenüber, und nur die Überredungskünste des pedantischen

Dr. Hespley, der wie sie ein Angestellter des Gesundheitsamtes war, vermochten sie in Bryngower zurückzuhalten. Es half nichts, daß Dr. Forest tobte und wütete, diese Menschen hatten kein Verständnis für die entsetzliche Lage hier, waren Theoretiker vom reinsten Wasser, aber man konnte sie nicht einfach wegschicken. Da griff das Schicksal ein; Miss James brach vollkommen zusammen. »Ich werde sofort das Gesundheitsamt benachrichtigen«, sagte Dr. Hespley, ein langer, dürrer Mann mit goldgerändertem Kneifer auf der gebogenen Nase. »Wir werden Ende der Woche den Platz neu besetzen.«

»Ist nicht nötig, gar nicht nötig, junger Mann«, fuhr Dr. Forest aufgeregt dazwischen. »Der Ersatz ist Gott sei Dank schon da, Schwester Lee ist von heute an die Oberin hier.« Und ohne eine Antwort abzuwarten, stürzte er davon, um Anne die Kunde zu überbringen. Er fand sie an ihrem gewohnten Platz im Krankensaal.

»So«, erklärte er grimmig, »ich will der erste sein, der unserer neuen Oberin gratuliert.«

Anne stand da wie erstarrt, den Blick in weite Fernen gerichtet, rote Flecken freudiger Erregung auf den Wangen und eigenartig bewegt von der vor ihr liegenden großen Aufgabe. Endlich hatte sie eine Schar Schwestern unter sich, endlich konnte sie tun, wonach sie sich ihr ganzes Leben gesehnt, was sie in kühnen Träumen erhofft hatte. Rasch entwarf sie ihr Programm. Sie hatte es schon so oft durchdacht in den vielen schlaflosen Stunden, daß es nun greifbar vor ihr stand.

»Ich brauche mehr Schwestern, Herr Doktor, ich weiß auch, wo ich sie herholen kann. Sehen Sie, ich möchte, daß unsere Schwestern nicht mehr als acht Stunden am Tag arbeiten. Auch muß ich einige von ihnen für Hausbesuche zur Verfügung haben. Bessere Wohnverhältnisse sollten wir für sie schaffen und für kräftige Ernährung sorgen. Alles hängt von der Pflegerin ab in solchen kritischen Zeiten. Wir können keine hervorragenden Leistungen erwarten von übermüdeten, unterernährten und schlecht untergebrachten Schwestern. Hier lebten wir diese letzten vierzehn Tage buchstäblich nur von kalten Brocken. Das ist unter aller Kritik. Warum werden Schwestern schlechter behandelt als Spülfrauen? Ich will, daß nahrhafte, kräftige Kost auf den Tisch kommt, und ich werde auch einen guten Koch aufzutreiben wissen. Die Küche muß reorganisiert werden. Dann müssen wir für die Schwestern bessere Unterkunftsmöglichkeiten schaffen. Einige werden wohl in diesem schrecklichen Loch bleiben müssen. Die neuen müssen anderswo untergebracht werden. Es gibt da in der Nähe ein kleines Gasthaus, das gegenwärtig nahezu leer steht, altmodisch, aber sauber und behaglich. Das möchte ich mit Beschlag belegen, Herr Doktor. Dann muß ich mit den verschiedenen Lieferanten frei schalten und walten können. Ich verspreche Ihnen, nichts Unnötiges auszugeben. Ich denke wirklich nur an das Nötigste in diesem Kampf auf Leben und Tod!«

Sie brach atemlos ab, voller Angst, was er wohl erwidern würde. Zunächst sprach er kein Wort. Seine klaren, guten Augen durchbohrten sie fast mit ihrem durchdringenden Blick. Dann streckte er ihr seine Hand hin und umfaßte die ihre mit langem, festem Druck.

»Mein Kind«, seine Stimme klang ungewöhnlich sanft, »wir stehen zusammen in diesem Kampf bis an sein siegreiches Ende.«

Sie eilte in die Stadt; zuerst auf die Post, wo sie ein Telegramm an Susan Gladstone absandte, die tapfere Generalsekretärin ihres Verbandes, in dem sie um sechs besonders tüchtige Schwestern bat. Ein zweites richtete sie an Nora und Glennie in Manchester und beschwor sie, Himmel und Erde in Bewegung zu setzen, um hierher kommen zu können, um zu helfen.

Am folgenden Abend schon hielten die sechs neuen Schwestern ihren Einzug. Anne selbst brachte sie in den netten Zimmern im kleinen Gasthof unter. Sie führte auch sofort den Achtstundentag ein. Die Auswirkungen dieser Neuerungen waren unglaublich, und nach ein paar Tagen konnte Anne mit einem Seufzer der Erleichterung feststellen, daß ihre Mannschaft wundervoll und reibungslos arbeitete; nirgends gab es eine Gruppe müder, apathischer Schwestern, alle zusammen bildeten sie eine einzige, kämpfende Einheit.

Am Montag erschienen auch Nora und Glennie; weiß der Himmel, was die Dampfwalze bewogen haben mochte, sie gehen zu lassen. Anne opferte eine halbe Stunde ihrer kostbaren Zeit, um sie mit Lucy am Bahnhof abzuholen.

Ein solches Wiedersehen hätte sich keine von ihnen träumen lassen; hier auf dem zugigen Bahnsteig, im Hintergrund die düstere, schwer heimgesuchte Stadt. Aber es war ein sehr herzliches Wiedersehen. Lachend und plaudernd verließen die vier Pflegerinnen die kleine Station. Ohne sich dessen bewußt zu sein, verkörperten sie ihr eigenes Berufsideal, wie sie dahingingen, um ihr Leben willig einzusetzen im Kampf mit dieser todbringenden Seuche. Doch bedeutete es für sie alle einen selbstverständlichen Einsatz, zu dem sie frohen Herzens, mutig und zuversichtlich bereit waren.

Später bemerkte Anne ein wenig zögernd zu Lucy: »Ich bin so froh, daß ihr drei euch so zueinander hingezogen fühlt; ich habe cin schönes, großes, gemeinsames Zimmer für euch im Hotel. Die ganze Zeit war ich entsetzt über dein Zimmer hier, Liebes, es ist feucht und düster.«

»Und ziehst du ebenfalls ins Hotel?«

»Aber wo denkst du hin, ich muß doch in der Klinik bleiben.«

»Dann bleibe ich selbstverständlich auch. Du kannst doch nicht im Ernst denken, ich würde dich in diesem Loch alleine lassen und selbst im Hotel schwelgen. Nein, Liebes, danke. Es liegt mir überhaupt nicht mehr soviel an Bequemlichkeit. Zudem würde es auch heißen, daß du mich als deine Schwester bevorzugst. Und endlich, wenn du die volle Wahrheit wissen willst – ich möchte mit dir durch dick und dünn gehen.«

Annes Augen wurden feucht; tiefbewegt bestand sie nicht weiter auf ihrem Wunsch. Dann fuhr sie fort: »Noch etwas, Lucy: du hast hier einfach prächtig gearbeitet; nach meiner Meinung bist du die beste Pflegerin im Hause. Doktor Forest billigt meinen Plan, im ersten Stock eine Kinderabteilung einzurichten und dich dort als Stationsschwester einzusetzen.«

Lucy war überwältigt und fand zuerst keine Worte. Dann schlang sie ihren Arm um die Schwester: »Vielen Dank, Anne, ich habe noch nie etwas so Schönes erlebt.«

Die Kinderabteilung war eröffnet, und Lucy führte beglückt die Aufsicht. Es war für Anne eine Herzensfreude, Lucy in ihrer neuen, kleidsamen Tracht zu sehen, wie sie ernst und bedächtig, verantwortungsbewußt und eifrig ihres Amtes waltete.

In Lucys Saal lagen zwanzig Kinder; einige befanden sich auf dem Wege der Besserung, andere waren noch recht krank, machten jedoch langsam Fortschritte und hatten Aussicht, wieder gesund zu werden. Nur eine Ausnahme gab es – ein kleines Mädchen, Gracie, rang mit dem Tode. Dr. Forest war der Ansicht, das Kind werde diese Woche nicht überleben. Es hätte die Schwester nicht übermäßig zu bedrücken brauchen, einen schweren Fall unter zwanzig Kindern auf der Station zu haben. Es war sogar, am Ernst der Epidemie bemessen, ein erfreulicher Prozentsatz. Aber Lucy fühlte sich bedrückt. Sie setzte alle ihre Kraft für ihren kleinen Pflegling ein. Ihre Bemühungen um das Kind waren so groß, daß es Anne auffallen mußte. Und heute blieb sie, von Lucy unbemerkt, hinter einem Vorhang stehen, wie gebannt vor Überraschung: Lucy wusch die Kleine selbst; sanft und regelmäßig fuhr sie mit einem Schwamm über das fieberheiße Körperchen. An sich war das nichts Besonders, aber Lucy hatte zwei Schwestern zur Verfügung, deren Aufgabe das eigentlich war. Lucy setzte sich restlos für die Kleine ein. Anne verfolgte jede ihrer Bewegungen und gewann die feste Überzeugung, daß Lucy aus einem tiefen, verborgenen Beweggrunde heraus handelte. Das vierjährige Mädchen war das einzige Töchterchen sehr ordentlicher Leute aus der Stadt; den größten Teil des Tages wanderte der Vater mit großen Schritten vor der Klinik auf und ab und wartete auf Nachricht über den Zustand seiner Kleinen.

Gracie Heddley war ein hübsches Kind, das erkannte man trotz der verheerenden Spuren der Krankheit. Ihr feines goldblondes Haar ringelte sich in zierlichen Löckchen auf den weißen Kissen. Und plötzlich stieg in Anne eine Erinnerung auf. Wie und warum, war ihr selbst nicht erklärlich, aber es bestand da eine Ähnlichkeit zwischen diesem sterbenden Kind und dem kleinen Jungen, der damals in Shereford der Diphtherie erlegen war.

Nun war ihr plötzlich alles klar: hier kämpfte Lucy, von dieser Ähnlichkeit gleichfalls gepackt, einen mehr oder weniger hoffnungslosen Kampf um dieses junge Leben. Sie beobachtete auch, daß Lucy sich dem Kinde mehr näherte, als es nötig gewesen wäre, und sich auf diese Weise unbedacht einer Gefahr aussetzte, vor der alle Schwestern gewarnt worden waren.

Ein Tag schlich dahin und noch einer. Es war Samstag. Das Wochenende verstrich, und Gracie schwebte noch immer zwischen Tod und Leben. Am Dienstag früh weilte Dr. Forest lange am Bett des Kindes. Er meinte, wenn Gracie die Krise der nächsten vierundzwanzig Stunden überstehe, könne sie doch wieder gesunden, nach seinem Dafürhalten aber sei so gut wie keine Hoffnung.

Vierundzwanzig Stunden! Ihre Augen auf die Uhr geheftet, raffte Lucy ihre letzte Kraft zusammen. Die Sekunden tickten langsam dahin; Minuten wurden zu Stunden, Stunden schienen Ewigkeiten. Lucy war während zwölf Stunden kaum vom Bettchen der Kleinen gewichen; taub gegen alle Einwendungen, beschloß sie, auch die Nacht hindurch zu wachen.

Als die Dunkelheit hereinbrach und die Lichter angezündet wurden, setzte Lucy sich wieder neben das Kind. Sie verspürte keine Müdigkeit, heiter, wie gepanzert gegen den Schlaf, war sie von einer durch nichts zu erschütternden inneren Kraft erfüllt.

Tagsüber hatte Gracies Zustand sich nicht wesentlich verändert, nun aber, bei Einbruch der Dämmerung, schien es, als ob auch der letzte Rest ihrer schwachen Kräfte dahinschwände. Sie atmete leise röchelnd, und die Temperatur stieg. Das Schlimmste von allem aber – ihr Köpfchen wurde, vom Krampf rückwärts gezerrt, zwischen die dünnen Schulterblätter gepreßt. Lucy ließ kein Auge von dem todkranken Kind. Während all ihrer Hilfeleistungen blieb ihr Blick fest auf die glanzlosen, starren Augen der Kleinen gerichtet. Sie hielt das schlaffe Kinderhändchen in ihrer starken Hand. Es war, als leitete sie einen ganzen Strom von Kraft in den ausgemergelten kleinen Körper.

Gegen zwei Uhr nachts wurde Gracies Atem schwächer, ihr Puls flackerte und war fast nicht mehr zu spüren. Totenblaß beugte sich Lucy ungestüm über die zarte Gestalt, hob sie hoch und preßte ihre Lippen auf den leblosen kleinen

Mund. Sollte alles vergebens gewesen sein? Verzweifelt suchte sie die eingesunkene kleine Brust mit ihrem eigenen Atem zu beleben, und dann begann sie fieberhaft mit der künstlichen Atmung.

Wie lange sie damit fortgefahren, wußte Lucy selbst nicht. Doch plötzlich hielt sie inne – das Kind atmete wieder, ganz schwach, aber gleichmäßig. Schweißtropfen perlten auf der kleinen Stirne. Mit zitternden Händen maß Lucy die Temperatur. Sie war vor Erregung kaum fähig, das Thermometer abzulesen. Ein Schrei der Erleichterung entrang sich ihrer Brust: Das Fieber war gebrochen. Schnell ergriff Lucy die Pipette und flößte dem Kind ein paar Tropfen Pepton als künstliche Nahrung ein. Ihr Herz jubelte, als sie sah, daß die Kleine auf natürliche Weise schluckte; Atem und Puls kräftigten sich, die Temperatur sank weiter. Ohne Schwierigkeit nahm das Kind noch mehr Nahrung zu sich, und als die ersten Streifen des blassen Morgenlichtes durch die Läden fielen, öffnete Gracie die Augen und blickte Lucy klar und bewußt an. Zum Sprechen war sie zwar noch zu schwach, das erste Zeichen von Leben und Verstand aber stand in ihren Augen, die Krise war überwunden.

Übermächtige Freude erfüllte Lucys Herz, Tränen überströmten ihr Gesicht. In tiefer Dankbarkeit faltete sie die Hände zum Gebet. Dann eilte sie zum Fenster und öffnete die Läden. Gerade gegenüber, an der Mauer, stand wachehaltend Tom Heddley, Gracies Vater, und starrte zu ihr hinauf. Sie machte ein Zeichen überquellender Freude und taumelte ihm dann zur Türe entgegen, um ihm die erlösenden Worte zuzurufen. Dort unter der Türe standen die beiden einen Augenblick im Licht der aufgehenden Sonne, die einen goldenen Schimmer über ihre glücklichen Gesichter warf.

Die Genesung der kleinen Gracie verbreitete einen hellen Schein im Krankenhaus, besonders da sie mit dem allgemeinen Abflauen der Epidemie zusammenfiel. Anne, die schreibend in ihrem Zimmer saß, kam es vor, als wäre nun die Hauptarbeit getan, und sie erlaubte ihren Gedanken eine Weile herumzuschweifen. Wie tapfer hatte sich Lucy geschlagen; gewiß würde die Oberin Melville auch für Lucy einen Posten haben. Schon sah sie im Geiste sie beide als Stationsschwestern im Trafalgar Hospital.

Und dann schrieb sie ihren letzten und schwierigsten Brief – an Dr. Prescott. Sie sagte wenig von ihren eigenen Leistungen, desto mehr von Lucy und dankte ihm noch einmal von Herzen, daß er ihr diese Gelegenheit zur Bewährung verschafft hatte. Ihr Nachrichtenvorrat war schnell erschöpft. Alle diese Wochen hatte sie soviel an Dr. Prescott gedacht, und es war ihr unbegreiflich, ihren Gedanken keinen Ausdruck geben zu können. Sie fühlte ihm gegenüber eine eigenartige Verwirrung, unverständlich und beunruhigend, und obwohl sie sehnlich wünschte, ihn wiederzusehen, fürchtete sie sich auch davor. Fast mußte sie ein wenig über sich selbst lachen.

In diesem Augenblick stürzte Nora ohne anzuklopfen herein. Atemlos und bleich, versuchte sie ihrer Erregung Herr zu werden. Und dann brachte sie mühsam heraus: »Lucy ist im Krankensaal ohnmächtig geworden!«

Schreckensstarr saß Anne auf ihrem Stuhl. »Es ist vielleicht nicht so schlimm«, stammelte Nora hilflos. »Dr. Forest schickte mich, dich zu holen.«

Tausend Fragen lagen Anne auf den Lippen. Sie ahnte, nein, sie wußte nur zu gut, was die Ursache von Lucys Zusammenbruch war. Wie eine Schlafwandlerin folgte sie Nora.

Sie fanden Lucy in dem kleinen, als Stationsküche benutzten Raum; man hatte sie auf ein paar Kissen am Boden gebettet. Dr. Forest kniete neben ihr, und zwei Schwestern standen ihm zur Seite. Ein Blick auf Lucy überzeugte Anne vom

Schlimmsten. Lucy war nicht nur ohnmächtig, sie war vollkommen bewußtlos, atmete schnell und kurz, ihr Gesicht glühte, und die ersten häßlichen Bläschen des Ausschlags zeigten sich auf ihrer Haut. Nun wußte Anne mit Sicherheit, daß Lucy von dieser entsetzlichen Krankheit befallen war.

Dr. Forest erhob sich mühsam, seine gichtischen Knie knarrten. Er wagte nicht, Anne anzusehen, aus Furcht, sie könnte in seinen Augen die unerbittliche Wahrheit lesen – hoffnungslos! Mit äußerster Anstrengung raffte sich Anne zusammen.

»Nora, richte das Bett im kleinen Einzelzimmer, dann rufe Glennie, ich brauche sie.«

Zehn Minuten später trugen sie Lucy über den Hof in das Krankenzimmer. Dr. Forest machte sofort eine Lumbalpunktion und gab ihr eine starke Dosis Serum. Nora und Glennie standen ihm bei. Verzweifelt versuchte Anne ihre Angst zu unterdrücken. Sie übertrug Glennie den ersten Teil der Nachtwache, hieß Nora sie ablösen, blieb aber selbst pausenlos neben Lucys Bett.

Mit Windeseile ging die Kunde durch das ganze Krankenhaus. Dunkle Schatten senkten sich über alle Gemüter. Lucys gewinnendes Wesen, ihr unermüdlicher Diensteifer hatten sie unter den Schwestern sehr beliebt gemacht, und nun taten sie alles, um sie zu retten.

Alle Pflege aber, die Lucy zuteil wurde, blieb wirkungslos. Um vier Uhr fing sic an zu delirieren, sich unruhig hin und her zu werfen und sinnlos vor sich hin zu schwatzen. Ein Wirrwarr abgebrochener Sätze, Erinnerungen aus der Kinderzeit, der Schule, der ersten Zeit in Shereford... Immer wieder sprach sie von Anne, und einmal versuchte sie mit ihrer dünnen hohen Stimme das Lieblingslied ihrer Mutter zu singen.

Wie groß Annes Leid war, konnte niemand ganz ermessen,

am ehesten vielleicht Nora und Glennie. Unermüdlich erneuerte sie die Eiskompresse auf der glühenden Stirn der geliebten Schwester, doch die Temperatur stieg unaufhaltsam. Dr. Forest, der jede Stunde erschien, fand keine Worte; er schüttelte nur stumm den Kopf.

Um halb sieben setzten die Krämpfe ein; Anne schien es, sie würde selbst von den Anfällen gepackt. Sie gab Lucy eine Morphiumspritze. »Anne, um Gottes willen, geh hinaus«, bat Nora. »Nur eine Minute«, flüsterte Anne, »ich muß ihren Mann benachrichtigen.« Sie telegraphierte Joe. Dann kam ihr auf einmal der Gedanke, daß ihn das Telegramm vielleicht nicht erreichen würde, und so telegraphierte sie kurz entschlossen auch an Prescott und bat ihn, Joe ausfindig zu machen und ihn sofort nach Bryngower zu schicken.

Die Nacht brach herein, und Lucys Fieberträume wurden immer verworrener. Trotz aller Einspritzungen und Medikamente tobte und raste sie. Mehr als einmal mußte Anne sie mit aller Gewalt festhalten. Dann sank das Fieber plötzlich. Das war der Vorbote des unvermeidlichen Todes. »Hole Doktor Forest und bringe auch Glennie mit«, sagte Anne zu Nora.

Kurz nach elf hörte Lucys Delirium auf, ihr Gesicht, nun nicht mehr rot und verschwollen, sah zerquält und eingefallen aus. Sie öffnete mühsam die Augen und blickte auf Anne.

»Wasser«, flüsterte sie.

Einen Augenblick lag Lucy ruhig auf dem Rücken. Sie war nun bei vollem Bewußtsein, ihr Blick wanderte durch das Zimmer und fiel auf Nora und Glennie. Sie versuchte, ihnen die Hand zu reichen. »Es war ein Geschenk, euch zu kennen, mit euch zu arbeiten.« Ihre Stimme war kaum vernehmbar. Tränen strömten über Noras Gesicht; die verschlossene Schottin schüttelte es von verhaltenem Schluchzen, als sie sagte: »Bald werden wir wieder zusammen arbeiten.« Lucy versuchte zu lächeln, doch ihre trockenen Lippen versagten ihr den Dienst: »Nicht auf dieser Erde, meine Glennie.« Dann flüsterte sie: »Ach, laßt mich noch einen Augenblick mit Anne allein.« Sie kamen ihrem Wunsche nach und gingen schluchzend hinaus.

»Anne«, hauchte Lucy, »erinnerst du dich an jene Zeit in Shereford – und an den kleinen Jungen, der an Diphtherie gestorben ist? Ich habe alles wiedergutgemacht, nicht wahr?« Anne versagte die Stimme vor übermächtiger Bewegung. Und Lucy fuhr fort: »Wie herrlich, daß mir die Gelegenheit geschenkt wurde, ein Kinderleben zu retten als Sühne für das, das durch meine Schuld verloren ging.«

»Ja, Liebling«, sagte Anne.

»Noch etwas möchte ich dir sagen. Ehe ich hierher kam, schrieb ich an unsere Oberin in Shereford und sagte ihr alles, die volle Wahrheit.« Lucy schwieg erschöpft und fragte dann kurz darauf: »Hast du Joe rufen lassen?« Anne nickte. »Sein Zug trifft um Mitternacht hier ein.«

Ein schwaches Lächeln huschte über Lucys mattes Gesicht: »Könnte sein – könnte sein, daß mein Zug dann schon abgefahren ist. Armer Joe! Hilf du ihm, Anne, wenn du kannst. Ich war ihm nie eine große Hilfe ...«

Lucys Atem war wie ein Hauch, ihre Augen trübten sich, das Bewußtsein schien zu schwinden. Mit erlöschender Stimme bat sie: »Anne, singe mir das Lied, das wir als Kinder sangen. ›Der Tag, den du schenktest, o Herr ...‹« Es war das Lied, das sie in ihren Fieberträumen gesummt hatte. Anne, blind vor Tränen, betete im stillen: ›O Gott, laß mich nur jetzt nicht zusammenbrechen, hilf du mir, Lucy diesen letzten Wunsch zu erfüllen.‹

Sie legte den Arm um die Schultern der Sterbenden und begann, sie fest an sich drückend, mit tiefbewegter Stimme zu singen.

Als der letzte Vers verklungen war, seufzte Lucy leise:

»Hab Dank, Anne.« Ihre Augen standen weit offen und schienen in eine unendliche Ferne zu blicken. »Welch dunkle Nacht liegt hinter uns – aber jetzt, sieh nur, sieh, Anne, jetzt wird es heller, immer heller... liebe Anne, es muß ein lichter Morgen sein...« Mit diesen Worten sank sie in die Kissen zurück, ihr Kopf neigte sich zur Seite. Friedvoll war der ewige Morgen für sie angebrochen.

Anne saß noch lange an ihrem Bett. Sie fand keine Tränen, fühlte sich macht- und kraftlos; ihr war, als könnte sie sich nicht bewegen. Scheu küßte sie immer wieder Lucys Stirn, schloß ihr sanft die Augen und breitete ein Leintuch über die zarte Gestalt. Aus der Ferne vernahm sie den Pfiff einer Lokomotive, später den Lärm eines heranfahrenden Autos; doch erst als Joe eintrat, erwachte sie aus ihrer Versunkenheit.

Langsam wandte sie sich ihm zu; er stand verlegen auf der Türschwelle und drehte seine Mütze zwischen den Händen und blickte angstvoll auf die bedeckte Gestalt. Anne wußte, daß man ihn vorbereitet hatte. »Es tut mir so leid für dich, Joe; es kam so ganz unerwartet.«

Schüchtern kam er näher, schwankend vor Aufregung und Schmerz. Sie versuchte, ihm zu helfen, so gut sie es vermochte. »Diese Krankheit überfällt einen so plötzlich...«

»Ja, das sagte Doktor Prescott auch zu mir, als wir in der Bahn saßen«, murmelte Joe. Sie sah ihn verständnislos an: »Doktor Prescott ist hier?«

Joe nickte. »Er brachte mich her, er war sehr gütig.« Wieder machte er ein paar Schritte auf das Bett zu. Und noch einmal half ihm Anne. Still zog sie das Leintuch zurück. Erst jetzt, als Joe in die von der Krankheit gezeichneten Züge seiner einst so hübschen Frau sah, brach er zusammen. Er kniete neben dem Bett nieder und schluchzte haltlos.

Anne ließ ihn allein. Sie eilte aus dem Zimmer. Da stand Dr. Prescott vor ihr. Verwirrt, ungläubig schaute sie in seine scharfgeschnittenen Züge, die von einem Ausdruck warmer, aufrichtiger Teilnahme erfüllt waren. Wie im Traum ließ sie sich von ihm an das Ende des Korridors führen. Hier machte er halt und sah sie liebevoll an.

»Anne«, begann er in einem Tone, der seine Bewegung verriet, »was soll ich Ihnen sagen? Auf Ihr Telegramm hin brachte ich Joe hierher, es tut mir so leid, daß wir zu spät gekommen sind.«

»Es macht nichts«, murmelte sie verzweifelt. »Nichts hat überhaupt noch etwas zu bedeuten...«

»Sie irren sich.« Seine Stimme zitterte vor verhaltener Erregung; endlich mußte er einmal aussprechen, was er sich während all diesen Wochen, in denen er sie schmerzlich vermißt hatte, zu sagen vorgenommen. »Sie bedeuten mir viel, alles...«

Sie sah ihn verständnislos, fast verstört an. Er fuhrt fort, überwältigt von ihrem Herzeleid und seinen so lange zurückgehaltenen Gefühlen, fest entschlossen, koste es, was es wolle, ihr seine Liebe zu gestehen:

»Anne, Liebes, sieh nicht so kummervoll und traurig aus. Ich liebe dich, liebe dich von ganzem Herzen, schon seit langem. Ich möchte dich trösten, dich glücklich machen – als meine Frau...«

Er wollte sie in seine Arme schließen, aber ungestüm machte sie sich los. »Nein, nein«, rief sie heftig, »nicht doch, begreifen Sie denn nicht, daß Lucy – meine Schwester Lucy – gestorben ist?«

Scheu blickte sie ihn an, dann kamen die erlösenden Tränen, und sie eilte an ihm vorbei die Treppen hinunter und in den Regen hinaus.

Zwei Monate später saß Anne im Zentralsekretariat des Schwesternverbandes an ihrem Schreibtisch. Sie trug keine Tracht mehr und sah in ihrem schwarzen Kleid sehr ernsthaft aus; bei aller Jugendlichkeit war sie ein Bild ruhiger Würde.

Seit vierzehn Tagen schon arbeitete sie als Verbandssekretärin. Nach ihrer Rückkehr von Bryngower stand ihr allerdings der alte Posten im Trafalgar-Hospital wieder offen, Miss Gladstone aber hatte sie eindringlich gebeten, nun Arbeit und Heim mit ihr zu teilen. Es war Anne nicht leichtgefallen, ihre praktische Arbeit aufzugeben, doch sah sie im Augenblick hier größere Möglichkeiten, ihren Mitschwestern zu helfen. Den Ausschlag hatte Miss Gladstone selbst gegeben – im nächsten Jahr wollte sie altershalber ihr Amt niederlegen, und ihr sehnlichster Wunsch war, Anne als ihre Nachfolgerin zu sehen.

An diesem Junimorgen trat Miss Gladstone angeregt herein, zündete sich eine Zigarette an, lehnte sich an den Schreibtisch und sagte schelmisch: »Es warten Reporter da drin«, – sie deutete mit der Zigarette auf das anstoßende Wartezimmer – »wünschen Frau Generalsekretärin die Herren zu sprechen?«

Anne blickte auf. Über ihrem jugendfrischen Gesicht lag eine stille Reife, die ihre schönen, regelmäßigen Züge vertiefte; die Bryngower Epidemie und Lucys Tod hatten ihre Spuren hinterlassen, und seit jenem düsteren Tag, an dem sie Lucy zur letzten Ruhe gebettet, schien Anne ihr lebendiges, spontanes Lächeln verloren zu haben. »Was meinst du dazu, Susan?«

»Ich weiß, dir liegt persönlich nichts daran; für den Verband aber wäre es vorteilhaft, ein wenig an die Öffentlichkeit zu geraten.«

»Gut, sie sollen eintreten«, sagte Anne entschieden, und kurz darauf standen die beiden Reporter vor ihr.

»Guten Morgen, Miss Lee; wir haben mit Interesse gehört,

daß Sie für eine hohe Auszeichnung vorgeschlagen sind. Wir beglückwünschen Sie dazu und möchten unsern Lesern gerne berichten, was Sie selbst darüber denken...«

Anne antwortete ruhig und gelassen: »Natürlich freue ich mich, aber ich wäre glücklicher, wenn allen Schwestern, die in Bryngower an meiner Seite kämpften, die gleiche Anerkennung zuteil würde.«

»Sie waren die Hauptperson, Miss Lee; man kann doch unmöglich jeder Pflegerin ein Verdienstkreuz überreichen.«

»Nein, das nicht, aber man könnte sie alle menschenwürdiger behandeln.«

Die beiden Reporter erkannten, daß sie hier einer wichtigen Frage gegenüberstanden, und baten um genaue Erläuterungen.

»Gerne.« Anne sprach frei und offen, in wohlüberlegten Worten: »Jetzt, da diese entsetzliche Epidemie glücklich vorbei ist und in den Zeitungen darüber berichtet wurde, ist jedermann des Lobes voll über die von den Schwestern in Bryngower vollbrachten Leistungen. Das Volk hat begriffen, was Pflegerinnen leisten können und überall im Lande leisten. Aber über so manchen wichtigen Punkt weiß das breite Publikum noch wenig, nämlich über die schlechten Lebens- und Arbeitsbedingungen, die niederen Löhne, den ganzen entsagungsvollen Existenzkampf der Schwestern. Das Leben einer Krankenschwester bedeutet meistens Armut und Not. Das kann man nicht dadurch gutmachen, daß man eine Schwester unter Tausenden auszeichnet, wohl aber dadurch, daß man allen einen angemessenen Lebensstandard zugesteht. Die Sache ist von nationaler Bedeutung. Sehen Sie, Hunderte für die Schwesternschaft befähigte Mädchen werden von diesem Beruf zurückgehalten, nicht der Gefahren wegen, aber wegen der fast untragbaren Opfer, die von ihnen verlangt werden. Schon herrscht Schwesternmangel. Geht das so weiter, so wird das ganze Land darunter zu leiden haben. Die Öffentlichkeit muß aufgerüttelt und vor die nackten Tatsachen gestellt werden. Unser Volk ist gerechtdenkend und freigebig. Glauben Sie mir, früher oder später wird es hinter uns stehen, und dann treten wir vor das Parlament, und nichts wird diese notwendigen Reformen mehr aufzuhalten vermögen.«

Annes ernste Worte und nicht zuletzt ihre ganze Persönlichkeit verfehlten ihren Eindruck auf die Reporter nicht.

»Vielleicht können wir Ihnen helfen, Miss Lee, wenigstens einen kleinen Anfang zu machen. Die Wahrheit Ihrer Worte muß siegen, unsere Zeitungen werden Sie bestimmt unterstützen.«

Als die beiden gegangen waren, rief Susan tiefbefriedigt aus: »Endlich! Endlich scheint es zu tagen; wenn sie Wort halten, geht ein ganzer Zeitungsfeldzug für uns los.«

»Wenn...« fügte Anne zweiflerisch hinzu. Doch ihr Mißtrauen sollte sich als ungerechtfertigt erweisen. Noch am gleichen Nachmittag kam Miss Gladstone triumphierend mit einer Zeitung daher. Sie sah strahlend und zuversichtlich aus.

»Anne«, – ihre Stimme überschlug sich fast – »Anne, es steht wirklich drin, groß und fettgedruckt, einfach herrlich!«

Und wirklich, auf der ersten Seite stand in riesigen Buchstaben: ›Heldin von Bryngower fordert statt eigener hoher Auszeichnung bessere Lebensbedingungen für ihre Mitschwestern.‹ Dann folgte ein zweispaltiger Artikel, in dem Annes Unterhaltung mit den Reportern ausführlich wiedergegeben wurde. Auch Ziel und Zweck des Schwesternverbandes wurden am Schluß einleuchtend dargelegt.

»Jetzt geht's bergauf!« jubelte Susan.

Anne nickte zustimmend. Sie erkannte den großen Wert dieser Propaganda. Es machte sie glücklich, daß der Feldzug nun endlich begonnen hatte. Doch irgend etwas bedrückte sie und ließ sie einfach nicht zur vollen Freude gelangen. Vielleicht lag es daran, daß sie den Schmerz über Lucys Verlust nicht zu verwinden vermochte.

Den ganzen Nachmittag arbeitete Anne fieberhaft. Dann holte sie Hut und Mantel, und auf Susans erstaunte Frage: »Kommst du nicht zum Tee nach oben?« entgegnete sie nur schnell und ausweichend: »Ich habe eine dringende Verabredung. Am liebsten ginge ich nicht, aber es ist meine Pflicht. Spätestens um sieben bin ich zurück.«

Um halb sechs erreichte Anne das Café in der Regent Street, das sie so oft mit Lucy aufgesucht hatte. Die vielen Erinnerungen stimmten sie traurig. Als sie eintrat, lag ein Schimmer ernstlicher Besorgnis in ihren Augen – sie sollte hier Joe treffen. Was hatte er ihr wohl zu sagen? Sie wagte kaum daran zu denken. Als er aber in seinem neuen dunklen Anzug und dem weichen schwarzen Hut geschäftig und frohgemut auf sie zukam, versuchte sie, alle trüben Gedanken zu verscheuchen. Joe erschien ihr viel zuversichtlicher und energischer als früher.

»Ich habe Neuigkeiten für dich, Anne, du wirst staunen. Ich komme gerade vom Verwaltungsrat und kann's noch kaum glauben; denk nur, man hat mir den Posten eines Direktors für den Norddistrikt angetragen. Das habe ich dir zu danken; du hast mich ermutigt, bei der Firma auszuhalten, erinnerst du dich noch an jenen Abend in Manchester, wo ich nahe daran war, alles über Bord zu werfen? Du hast mich damals bestimmt, dort weiterzuarbeiten, selbst als Chauffeur oder Mechaniker.«

»Du meinst wohl jene Nacht, als du mich im Hepperton-Krankenhaus aufsuchtest?«

»Ganz recht.«

»Wie herrlich für dich, Joe.«

»Weißt du, wie hoch mein Gehalt sein soll? Fünfhundert Pfund im Jahr, und dabei kann ich wieder im Norden leben. Ich werde viel unterwegs sein müssen zwischen Liverpool, Manchester und Edinburgh, und, weiß der Kuckuck, Anne, vielleicht werde ich noch einmal mein Heim in Shereford aufschlagen; wer sollte mich daran hindern?«

Da war es wieder, dies beunruhigende Gefühl, als er fortfuhr: »Darum wollte ich dich heute noch sehen, Anne. Ich meine, ehe ich nächste Woche für immer in den Norden ziehe. Ich habe dir etwas ganz besonders Wichtiges zu sagen.«

Sie hätte weinen mögen; ihr Blick suchte dem seinigen auszuweichen. Er mußte ihre Gefühle erraten haben, denn plötzlich faßte er ihre Hand: »Nein, nein, Anne«, beruhigte er sie, »darum handelt es sich nicht, hab keine Angst. Ja, ich liebe dich noch und werde dich auch immer liebhaben. Aber es ist ganz anders als früher – Erinnerungen an Lucys Tod und Dankbarkeit dir gegenüber verbinden sich damit – und auch aus einem andern Grund noch. Glaube mir, damit werde ich dich nie wieder beunruhigen.«

Ihr Gesicht entspannte sich, eine unendliche Last fiel ihr vom Herzen.

»Wir werden stets gute Freunde bleiben, Joe.«

»Wir *sind* ja schon gute Freunde, Anne, und darum habe ich auch den Mut, dir etwas ganz Persönliches zu sagen.« Er stützte die Ellbogen auf den Tisch und schaute sie mit dem warmen Interesse eines älteren Bruders an.

»Schau, Anne, wenn es einen Menschen auf der Welt gibt, den ich ebenso restlos bewundere und verehre wie dich, dann ist es Doktor Prescott. Du kannst dir nicht vorstellen, wieviel er für mich getan hat. Seiner Fürsprache habe ich auch meinen neuen Posten zu danken. Na, ich will jetzt nicht weiter von mir reden, Anne, sondern von Prescott und dir. Es liegt mir nämlich sehr am Herzen, dir etwas zu sagen, falls du dir nicht klar darüber bist: Ich kenne euch beide und habe euch beobachtet; du liebst ihn, und er liebt dich. Warum willst du es dir nicht eingestehen?«

Anne zuckte zusammen. Nicht allein über Joes etwas taktloses Vorgehen, sondern weil sie sich durchschaut fühlte. Sie versuchte auszuweichen: »Du scheinst vergessen zu haben, Joe, was ich dir vor langer Zeit einmal gesagt habe; ich habe einen Beruf, dem man gewöhnlich das ganze Leben hindurch treu bleibt.«

»Das stimmte vielleicht, als du noch Krankenschwester warst, jetzt aber bis du Verbandssekretärin.«

»Ich bin gleichwohl noch Schwester geblieben und arbeite auch für die Schwestern, Joe.«

»Du bist dabei, einen ganz schwerwiegenden Fehler zu begehen, Anne. Auch als verheiratete Frau kannst du für deine Mitschwestern arbeiten. Nein, dir ist nur dein Stolz im Wege.« Er machte eine entschuldigende Handbewegung. »Verzeih, wenn ich zu weit gegangen bin, ich hätte das nicht sagen sollen, doch dein Glück liegt mir sehr am Herzen.«

Seine Selbstlosigkeit und aufrichtige Anteilnahme rührten sie, und die verborgene Wunde, die wohl nie im Leben heilen würde, schmerzte sie tief; sie war überzeugt, daß sie nie ihren Stolz beugen und den ersten Schritt tun könnte, und auch Dr. Prescott hatte seinen Stolz und würde nicht noch einmal zu ihr kommen...

Wieder war ein Tag für Dr. Prescott dahingegangen; ein Tag wie alle andern. Arbeit gab es genug, aber die Freude fehlte. Irgend etwas stimmte nicht bei ihm; er kam sich alt vor und müde und geistig leer, so leer wie sein schönes leeres Haus.

Eine geschlagene Stunde saß er nun schon untätig vor dem Kamin; seine Pfeife ging aus, und das Feuer brannte nieder, ohne daß er sich überhaupt die Mühe nahm, es neu anzufachen. Unten in der Halle schrillte das Telefon; es kam ihm kaum zum Bewußtsein.

»Herr Doktor Sinclair ist am Telefon, Herr Doktor«, meldete seine alte Haushälterin, »der Anruf kommt aus Manchester. Ich traute meinen Ohren nicht, als ich seine Stimme erkannte; es war wie in alter Zeit.«

Überrascht erhob sich Dr. Prescott und ging langsam zum Apparat.

»Prescott dort? Ah, schön, hier Sinclair. Fein, Ihre Stimme mal wieder zu hören. Doch zur Sache: ich bitte Sie dringend, nach Manchester zu kommen; es liegt mir an Ihrer Prognose in einem besonderen Fall, einem hochinteressanten Fall übrigens. Es handelt sich um ein vierzehnjähriges Mädchen, das anscheinend zu völliger Erblindung verurteilt ist; ich vermute ein Gliom.«

Dr. Prescott zögerte. In seiner gegenwärtigen Gemütsverfassung war er entschieden abgeneigt, noch mehr Arbeit zu übernehmen. »Ich kann wirklich nicht zusagen, Sinclair, dringende Arbeit hier, meine Patienten im St. Martin-Hospital ... es läßt sich schwerlich einrichten.«

»Sie müssen es einfach möglich machen«, beharrte Sinclair. »Der Fall ist wie geschaffen für Sie. Wahrscheinlich muß man operieren. Es gibt niemanden in ganz England, zu dem ich sonst Vertrauen hätte. Und außerdem« – trumpfte er auf – »handelt es sich um die Nicht Ihres alten Freundes Bowley.«

Dr. Prescotts Züge wurden kalt und hart. In abweisendem Ton sagte er: »Bedaure sehr, Sinclair, aber Sie werden sich nach jemand anderem umsehen müssen.«

In seiner Bibliothek ging Prescott lange ruhelos auf und ab. Bowley war nun Bürgermeister von Manchester, und er konnte sich gewiß vieles kaufen, niemals aber die Dienste eines Mannes, den er einst so gefühllos hatte fallen lassen. Dr. Prescott hatte Bowley den selbstsüchtigen, feigen Rückzug nie vergessen; nun verschaffte es ihm eine gewisse Genugtuung, Bowley eine Bitte abzuschlagen.

Wieder schrillte das Telefon. Entschlossen preßte Dr. Prescott die Zähne auf den erkalteten Pfeifenstiel. Er ahnte, wer anrief, und ging sofort selbst an den Apparat.

»Mein lieber Robert, hier spricht dein alter Kamerad Matt Bowley.«

Dr. Prescott gab keine Antwort und verharrte in eisigem Schweigen. Matt fing wieder an, leidenschaftlicher als zuvor: »Aber so höre doch nur, Robert, ist es denn wirklich wahr, was Doktor Sinclair mir berichtet? Er erzählte mir da eine ganz unglaubwürdige Geschichte – du wollest nicht zu meiner kleinen Rose kommen? Sinclair bittet dich nochmals, und ich bitte dich ebenfalls! Ach, Robert, du mußt einfach kommen.«

»Erwarte mich nicht, Bowley«, kam es kühl von Dr. Prescotts Seite.

»Aber um Himmels willen, Robert, höre doch, höre mich doch an...«, Matts Stimme hätte wahrhaftig einen Stein erweichen können, »das kann doch nicht dein Ernst sein? Nein, nein, ich bin ganz sicher, es ist nicht dein Ernst. Ich weiß, ich habe dich scheußlich behandelt; laß doch Vergangenes begraben sein, dein alter Freund ist völlig ratlos... es geht ja um Rose, meine kleine geliebte Rose. Sie ist sehr krank, irgend etwas mit den Augen. Sinclair meint, sie könnte... sie könnte vielleicht – erblinden...« Bowley stieß das schreckliche Wort atemlos heraus.

So lebendig stand ihm der andere in seiner Angst vor den Augen, daß eine Welle von Beschämung und Reue über Dr. Prescott zusammenschlug. Doch noch kämpfte er kaltblütig dagegen an.

»Es gibt genug andere Ärzte, die bereitwären, sie zu untersuchen.«

»Wir wollen aber durchaus keine anderen Ärzte.« Bowleys Stimme klang geradezu beschwörend. »Dich allein wollen wir. Ich weiß, was du kannst, zu dir allein habe ich Vertrauen. Ich will nicht, daß sich irgendein Chirurg an Rose versucht. Um alles in der Welt, Prescott, so hilf uns doch. Vergiß meinen häßlichen Streich, laß mich nicht im Stich. Denke daran, wie innig ich Rose liebe, sie ist meine ganze Freude, mein alles, und wenn ihr etwas zustoßen sollte – ich würde verrückt.«

Wider seinen Willen fühlte sich Dr. Prescott bewegt und aufgerührt. Hätte Bowley ein anderes Argument ins Feld geführt, ihm Geld angeboten, ein großartiges Honorar, er hätte ungerührten Herzens seine Bitte abgeschlagen. Noch zögerte er. Dann faßte er ganz plötzlich einen Entschluß: »Gut, ich komme mit dem Nachtzug. Bitte Doktor Sinclair, mich abzuholen.«

Es war kaum hell, als Dr. Prescott in Manchester eintraf. Sinclair, der gute alte Freund, erwartete ihn mit seinem Auto. Sogleich begann er auf Dr. Prescott einzureden.

»Meiner Meinung nach handelt es sich hier um einen interkranialen Tumor, der auf den Sehnerv drückt. Die Sehkraft nimmt rapide ab. Geht das so weiter – ohne irgendeinen Eingriff – dann wird das arme Kind völlig erblinden. Als Arzt kann ich nur sagen, daß alle medikamentöse Behandlung hier aussichtslos ist. Und was die Operation anbelangt – eine Operation an der Hirnbasis, das muß ich Ihrem Ermessen überlassen.« Sinclair zuckte die Achseln. »Mir persönlich scheint der Fall vollkommen aussichtslos.«

»Sie sind alles andere als ermutigend, alter Freund«, meinte Dr. Prescott.

»Offen gesagt, ich habe keine Hoffnung. Die Wahl ist schrecklich. Wenn wir nichts unternehmen, wird die Kranke erblinden; operieren wir aber, bedeutet es wahrscheinlich den Tod für sie. Noch habe ich Bowley das Schlimmste nicht gesagt, er ist ohnehin wie von Sinnen.«

»Er hat es verdient«, murmelte Dr. Prescott düster und sprach kein Wort weiter.

Eben hielten sie vor Bowleys Haus; über dem Torbogen prangte nun das Stadtwappen. Es war Dr. Prescott eigenartig zumute, dieses Haus wieder zu betreten, das er einst so gut gekannt. Aber er ließ sich nichts anmerken und erkundigte sich sogleich nach der Patientin.

Rose Bowley, ein vierzehnjähriges Mädchen, lag wach in ihrem verdunkelten Schlafzimmer, die Augen von einem schützenden Verband bedeckt. Aufs äußerste angespannt, versuchte sie, ihre entsetzliche Angst zu verbergen. Dr. Prescott erkannte gleich, daß die Kleine eine schlaflose Nacht hinter sich hatte. In welch düsteren Farben mochte sie sich seine Untersuchung und sein Urteil ausgemalt haben? Leichten Schrittes nahte er sich dem Kinde und hob mit geschickter Hand den Verband von dessen Augen. Mit ruhiger Stimme stellte er seine Fragen.

Bald wurde ihm klar, daß Dr. Sinclairs Diagnose stimmte. Die Drucksymptome – eigenartiger Kopfschmerz und dauernde Übelkeit – waren typisch, und eine Untersuchung der Netzhaut mit dem Augenspiegel ließ ihn den genauen Ort der Verletzung erkennen. In diesem Gehirnteil zu operieren, bedeutete ein großes Wagnis. Dr. Prescott stand vor einer der folgenschwersten Fragen, die sich einem Chirurgen stellen konnten.

Von alledem war nichts in Dr. Prescotts unbeweglichem

Gesicht zu lesen, als er jetzt die Untersuchung beendete und einige aufmunternde Worte an die kleine Patientin richtete. Mit sicherem Instinkt ergriff die Kleine seine Hand und bat flehentlich: »Nicht wahr, ich muß nicht blind werden, Herr Doktor? Bitte, bitte, helfen Sie mir.« Und eindringlich flüsterte sie: »Ich glaube, ich möchte wirklich lieber sterben...«

Er beruhigte das erregte Kind und streichelte seine Hand, die sich langsam entspannte. Dann verließen die beiden Ärzte das Zimmer.

Im oberen Flur wartete Bowley auf sie. Er war noch im Schlafrock, sein Haar hing wirr und unordentlich um das verhärmte Gesicht. Er grüßte nicht, starrte Dr. Prescott nur unverwandt an. »Und nun... was hast du mir zu sagen?«

Dr. Prescott war wohl auf Angstausbrüche von seiten Bowleys gefaßt gewesen, aber diese dumpfe Verzweiflung war schwer zu ertragen. Der von ständiger Furcht verfolgte Mann war nur noch ein Schatten seiner selbst.

»Es ist schwierig, dir alles zu erklären«, entgegnete Prescott ernst. »Doktor Sinclairs Diagnose bewahrheitet sich leider in jeder Hinsicht. Deine kleine Nichte wird schon in kurzer Zeit das Augenlicht verlieren. Man kann nichts für sie tun – es sei denn, man versucht eine Operation. Doch wäre das ein solches Wagnis, daß man eher abraten muß...«

Bowley wandte keinen Blick von Dr. Prescott. »Eine Operation, natürlich, deshalb bat ich dich ja auch herzukommen.«

Dr. Prescott machte eine abwehrende Bewegung. »Ich bin nicht allmächtig«, sagte er düster, »ich würde es vorziehen, diese Operation abzulehnen, die aller Wahrscheinlichkeit nach einen verhängnisvollen Ausgang nehmen wird.«

»Soll ich dich denn auf den Knien darum bitten, Robert?« bettelte Bowley. »Ich will mein Liebstes nicht blind durchs

Leben gehen sehen. Und wie gräßlich wäre ein solches Los für Rose selbst. Wir wissen beide, um was es geht; Robert, ich bitte dich, mach diesen letzten Versuch.«

Ein Blick auf Bowleys gebrochene Gestalt bewirkte, daß Dr. Prescott seine eigenen Bedenken für gering erachtete und sich trotz allem zu dem Entschluß durchrang, Roses Leben aufs Spiel zu setzen. Lag nicht ein Körnchen Wahrheit in Matts Worten? War es nicht menschenfreundlicher, ihr diese, wenn auch ganz entfernte Möglichkeit einer Heilung zu geben, als sie zu lebenslänglicher Blindheit zu verurteilen? ›Stimmt alles‹, dachte Dr. Prescott ingrimmig, doch das konnte weder sein Gewissen beruhigen, noch seinen Ruf retten, wenn Rose starb.

Gesenkten Hauptes trat er zu einer Fensternische und blickte finster durch die bleigefaßten Scheiben auf den grünen Rasenteppich unten im Garten, auf das im Morgentau schimmernde und glitzernde Buschwerk, die köstlichen rotbraunen Farben der prächtigen Buchenallee... Alle diese Schönheit mußte Rose für immer missen, wenn er die Operation nicht wagen, ihr nicht helfen wollte. Er war ein Narr, ein ganz großer Narr, doch er hatte sich entschlossen, das scheinbar Sinnlose zu versuchen.

»Ich will die Operation versuchen; Erfolg kann ich nicht versprechen. Sie muß unverzüglich gemacht werden, noch heute abend, wenn ich mich ein wenig ausgeruht habe. Sie kann nicht hier vorgenommen werden; die Kranke muß in eine Klinik. Wenn es dir recht ist, überweise ich sie in das Privatzimmer meiner alten Station im Hepperton-Krankenhaus. Und nun entschuldige bitte, wenn ich gleich ins Hotel fahre.«

Bowleys Augen hingen an seinem Gesicht wie die eines geschlagenen, flehenden Hundes. Er dankte nicht, sein Ausdruck blieb unverändert. »Ich wußte, du würdest es doch für mich tun, Robert. Aber keinesfalls gehst du in ein Hotel; du bist natürlich mein Gast – wenn du das von mir annehmen willst.«

Von seiner Haltung gerührt, willigte Dr. Prescott ein. Allein in seinem luxuriösen Zimmer, in diesem Hause, über dessen Schwelle er seinen Fuß nie mehr hatte setzen wollen, begann ihn der Zweifel an seinem eigenen Geisteszustand erneut zu packen. Sein Ruf stand in Gefahr. Mißlang der Eingriff, dann war seine Karriere verpfuscht. Krampfhaft versuchte er, diese Gedanken zu vertreiben und sich nur noch mit der Operation zu befassen.

Die Vorbereitungen an Ort und Stelle lagen in Dr. Sinclairs Hand. Nach einigem Überlegen schickte Dr. Prescott seiner Operationsschwester ein Telegramm, in dem er sie bat, mit dem nächsten Zug herzufahren. Doch halt – wie eine Erleuchtung kam es über ihn … Anne. Warum sollte nicht auch sie in diesem Schlußakt der Versöhnung mit Bowley eine Rolle spielen? Anne, die in diesem Hause so viel gelitten? War es nicht ihr gutes Recht? Er telegrafierte ihr, alles liegen und stehen zu lassen und ihm bei einer schwerwiegenden Operation im Hepperton-Krankenhaus zur Seite zu stehen. Ein Schimmer der Erleichterung huschte über seine abgespannten Züge, als er dann auf seiner Couch für einige Stunden erfrischenden Schlaf suchte.

Er erwachte gegen vier Uhr und fühlte sich vollkommen munter. Er war sich der großen, verantwortungsschweren Aufgabe, die vor ihm lag, klar bewußt. Er verspürte großen Hunger und klingelte dem Diener. Dieser brachte ihm bald eine kleine Mahlzeit und gleichzeitig eine Karte von Dr. Sinclairs Hand: »Schwester Lee angekommen. Operation um sechs im Hepperton-Krankenhaus.«

Eine unbeschreibliche Ruhe überkam Dr. Prescott. Doch war es ihm nicht bewußt, daß seine Liebe zu Anne einen Vorwand zu einem Wiedersehen gesucht hatte. Er wußte nur eines, daß sie da war und ihm durch ihre bloße Gegenwart helfen würde.

Um halb sechs stand sein Wagen bereit; er rauchte eine letzte Zigarette und fuhr zum Krankenhaus. Fünf Minuten vor sechs betrat er den Operationssaal. Da stand Anne. Sein Gesicht blieb unbeweglich. Als sie ihm seinen Operationskittel reichte, sagte er nur im Flüsterton: »Danke für Ihr Kommen.« Nichts weiter.

Alles war bereit. Dr. Prescott gab ein Zeichen, und die Patientin, schon unter dem Einfluß von Betäubungsmitteln, wurde hereingerollt. Drei geschickte Griffe, und Roses schmächtige, in weiße Tücher gehüllte Gestalt lag auf dem glänzenden Tisch aus Stahl und Chrom. Nur ihr Kopf war frei, des schönen Haares beraubt, eine mit Jod bestrichene, schimmernde Kugel, beleuchtet vom grellen Licht der Bogenlampen.

Dr. Prescott warf einen letzten prüfenden Blick über alles; er sah Sinclair in seinem Operationskittel, der ihm gegenüber stand, die sich hinabbeugende Gestalt des Anästhesisten, die vier Schwestern und Anne, alle in Weiß gehüllt. Er kam sich vor wie ein fremdartiger Dirigent, bereit, mit dieser sonderbaren weißen Gesellschaft eine Symphonie von Leben und Tod zu spielen. Dann legte er seine behandschuhten Hände auf die schimmernde Kugel vor sich, die der Kopf eines lebendigen Menschen war, spannte die Haut und schnitt bis auf den Knochen hinein. Ohne seine Aufforderung wanderten Tampons, Klammern, wieder ein Tampon in seine Hand, nun die Trephine – und er begann zu trepanieren.

Wie befremdend war doch die rötliche, pulsierende Hirnmasse unter ihren durchsichtigen Membranen, dieses delikate menschliche Gehirn, Sitz des Denkens, das Gehirn der Rose Bowley, des zum Erblinden verurteilten Kindes. Jetzt hatte die Lanzette die Häute geöffnet, und Anne, die mit Feuereifer bei der Sache war, konnte die geschmeidigen, verwickelten Windungen der Hirnrinde erkennen.

In diesen Sitz des menschlichen Lebens mußte man das Messer einführen, mußte schneiden, zerlegen, die Verletzung bloßlegen und kranke Gewebe von den gesunden trennen. Niemand, der nicht um die schrecklichen Komplikationen und lauernden Gefahren wußte, konnte voll und ganz die fast unüberwindlichen Schwierigkeiten dieser Aufgabe ermessen. Anne kannte sie genau. Gleich elektrischen Stromkreisen sah sie vor ihrem geistigen Auge die Hunderte von Gehirnzellen in ihren isolierenden Hüllen. Sie wußte, Dr. Prescott brauchte nur versehentlich in einen dieser Stromkreise zu schneiden oder sie auch nur zu streifen, so wäre das Verhängnis da. Operieren ist stets eine ernste Sache, doch hat der Chirurg bei den meisten Operationen immer etwas Spielraum, so daß ein Arterienriß unterbunden oder ein falscher Schnitt korrigiert werden kann. Hier aber galt es, jeden kleinsten Mißgriff zu vermeiden.

Ruhig und sicher arbeitete Dr. Prescott. Fast eine Stunde operierte er schon, und noch war er nicht bis zum tiefsten Sitz des Gewächses vorgedrungen. Alle die hindernden Teilchen voneinander zu trennen, verlangte unendliche Geduld und ebensolches Geschick. Eine große Anspannung machte sich auf dem Gesicht des Arztes bemerkbar; kleine Schweißtropfen standen auf seiner Stirne; die Luft im Operationssaal war erdrückend heiß und dumpf.

Langsam strichen die Minuten dahin, und ebenso langsam und vorsichtig bewegten sich Dr. Prescotts Finger in der lebenden Hirnschale. Da, was war das? Auf Sinclairs Gesicht malte sich Bestürzung. Er beugte sich weit vor und starrte durch die Wundöffnung in das Gehirngewebe. Anne erfühlte sofort – hier lag irgendein unerwartetes Hindernis. Dr. Prescott unterbrach seine Arbeit. Nur einen kurzen Moment trafen seine Augen die des Kollegen, die voller Furcht warnend auf ihn gerichtet waren. Instinktiv las Anne daraus: ›Halt ein, geh nicht weiter, das Gewächs sitzt tiefer, als wir angenommen haben. Es drückt auf lebenswichtige Zellkerne. Geh zurück und schließe die Wunde – gehst du weiter, ist der Patient verloren.‹

Die Antwort las sie noch leichter aus Dr. Prescotts Blick: ›Gehe ich zurück, so wird sie für immer blind sein. Komme, was will, ich wage es und gehe weiter...‹

Diese vorsichtig tastende Zwiesprache dauerte nur wenige Sekunden, und außer Anne hatte niemand sie bemerkt. Keiner wurde sich des angstvollen Ausdrucks in Sinclairs Augen bewußt, als Dr. Prescott jetzt die Hand ausstreckte: »Trephine, bitte.«

Anne reichte ihm das Instrument. Er erweiterte sorgfältig die Öffnung in der gemarterten Hirnschale. Für einen Augenblick setzte Annes Herzschlag aus. Und plötzlich wußte sie, warum sie so willig hergekommen war, um Dr. Prescott zu helfen; warum sie ihm um alles in der Welt in diesem Kampf um Leben und Tod Erfolg wünschte. Nicht allein aus Berufsinteresse, das war allerdings groß genug, doch dahinter steckte mehr. Der ganze Vorwand beruflicher Freundschaft schmolz dahin wie Wachs in einer glühenden Flamme. Und sie hätte sich hassen können aus dieser Erkenntnis heraus, daß sie all diese Monate wie ein Feigling vor der unabänderlichen Tatsache davongelaufen war – daß sie ihn liebte.

Während sie unbeweglich, anscheinend teilnahmslos, an seiner Seite stand und ihm die schimmernden Instrumente reichte, betete sie wortlos und inbrünstig für einen guten Ausgang der Operation. Die Minuten verstrichen, und als Rose immer noch atmete, stellte Anne eine merkliche Veränderung in Dr. Sinclairs Haltung fest. Er schien nicht länger von Furcht erfaßt; in ungläubigem Staunen folgte er den Bewegungen seines Kollegen, der tiefer und tiefer in das Gehirn vordrang. Dann löste sich ein Seufzer der Erleichterung von seinen trockenen Lippen: Dr. Prescott zog mit äußerster Behutsamheit eine faserige Masse aus den Tiefen der Wunde, den letzten Rest des Tumors.

Anne hätte weinen mögen vor triumphierender Freude und Erleichterung. Nun arbeitete Dr. Prescott schneller als zuvor, unterbindend, vernähend, die Wunde schließend. Instinktiv zwang ihn Anne zur Eile, zu immer größerer Eile; eine derart langwierige Operation mußte Roses Kräfte aufs äußerste erschöpft haben.

Und plötzlich war alles vorbei; der letzte Faden geschnitten, der letzte Stich gemacht. Rose, in Wolldecken und zwischen heiße Wärmflaschen gepackt, wurde in ihr Zimmer zurückgebracht.

So lange und unbarmherzig der Kampf auch gewesen sein mochte – die Reaktion, die auf dem Fuße folgte, war nicht minder schwer. Anne war kaum fähig, sich aufzuraffen und an das Sterilisieren der Instrumente zu gehen. Dr. Prescott selbst stand immer noch über den Operationstisch gebeugt. Erst als Dr. Sinclair ihm die Hand auf die Schulter legte, schrak er auf, tat einen tiefen befreienden Atemzug und folgte seinem Kollegen in den Waschraum.

Wie sonderbar, wieder sprechen zu können nach jenem endlosen Schweigen. Minuten vergingen, ehe Dr. Sinclair zu reden vermochte: »Es gibt Dinge, für die man keine Worte findet, Prescott. Das eben Geschehene ist eines davon. Ich will Ihnen nicht gratulieren, Worte sind dafür zu arm. Ihre Leistung ist über alles erhaben. Sie haben mich eine Operation erleben lassen, an deren Möglichkeit ich in meinen kühnsten Träumen nicht zu denken gewagt hätte. Es war grandios!«

Beinahe fassungslos blickte Dr. Prescott seinen Kollegen

an: »Wie habe ich's nur fertiggebracht?« »Wie kann ich das wissen?« lachte Dr. Sinclair. »Sie haben das Wunder vollbracht, nicht ich.« Keiner sprach weiter. Man brachte ihnen heißen Kaffee. »Sollte Champagner sein, Prescott, auf Ihr Wohl...« Aber Dr. Prescott blieb ernst. »Das wollen wir lieber Bowley überlassen.«

Kaum hatte er das gesagt, als sich die Türe öffnete und Bowley eintrat. Zeigten seine Züge auch noch allerlei Spuren der ausgestandenen Angst, so hatte er doch wieder Farbe bekommen; der verstörte, verzweifelte Ausdruck war verschwunden, doch blieb er schüchtern wie ein Kind, trotz aller jubelnden Freude in seinen Augen. Zögernd näherte er sich Dr. Prescott.

»Robert«, fing er endlich mit vor Bewegung zitternder Stimme an, »wie soll ich dir nur danken? Wie ein gemeiner Schuft behandelte ich dich damals, und du vergiltst es mir mit Liebe und Güte. Du hast Roses Leben gerettet und gabst ihr das Augenlicht wieder... das bedeutet mir mehr als mein eigenes Leben. Wie soll ich dir danken?«

»Danken hat keinen Zweck«, murmelte Dr. Prescott.

»Dann laß mich dir wenigstens dieses schenken.« Dr. Prescott schnellte zurück vor dem Scheck in des anderen Hand. Sein Gesicht wurde finster. »Ich will dein Geld nicht, Bowley, warte, bis ich dir meine Rechnung schicke.«

»Dies hier ist kein Honorar«, entgegnete Matt bescheiden. »Es ist etwas, das ich dir vor langer Zeit schon versprach, wenigstens der Anfang davon. ›Besser spät als nie‹.«

Mechanisch ergriff Prescott das verschmähte Stückchen Papier und schaute es an. Er wurde totenblaß vor innerer Erregung. Da hatte er tatsächlich einen auf den »Rose Bowley Clinic Fond« ausgestellten Scheck über fünfzigtausend Pfund in Händen.

»Du hast doch nichts dagegen, wenn die Klinik nach Rose

genannt wird?« fuhr Matt fort. »Sie ist trotzdem deine Klinik; du kannst sie hier oder in London errichten, ganz wie du willst. Ich will die Sache finanzieren. Schon morgen soll eine Subskriptionsliste vom Stapel gehen, die dich nur so in Geld schwimmen lassen wird.«

Dr. Prescott wurde endlich seiner Bewegung Herr: »Das ist wahrhaftig großzügig von dir, Matt, mehr als das – ich danke dir von Herzen dafür.«

»Danken hat keinen Zweck«, erwiderte Matt mit seinem alten bezwingenden Humor, »das hast du ja eben erst selbst gesagt. Ich will keinen Dank, wenn du mir nicht auch deine Freundschaft aufs neue schenkst.«

Statt einer Antwort trat Dr. Prescott auf ihn zu und reichte ihm die Hand, und als die beiden Männer sich kräftig die Hände schüttelten, ging die Türe auf und herein kam Anne. Sie hatte geglaubt, es sei niemand mehr im Waschraum, und wollte sich nun schleunigst wieder zurückziehen, doch winkte ihr Matt zu bleiben.

»Hierbleiben, Schwester Lee, bitte, gerade Sie wollte ich noch sehen.« Verstohlen musterte er sie unter seinen buschigen Augenbrauen und meinte: »Wenn das Händeschütteln nun einmal an der Tagesordnung ist, wollen nicht auch Sie einem alten Schuft die Hand reichen, der gründlich bereut und sich gehörig schämt...?«

Eine halbe Stunde später war Anne zum Fortgehen bereit. Wieder stand sie am Hauptportal und wartete auf einen Wagen, den ihr alter Freund, der Portier, für sie bestellt hatte. Sie wollte den 10.15-Uhr-Schnellzug in Manchester erreichen, mit dem sie kurz vor zwei in London zu sein hoffte. Nach all der Anspannung während der Operation und ihrer eigenen tiefen Gemütsbewegung fühlte sie sich seltsam einsam und verlassen. Die Erkenntnis ihrer Liebe zu Dr. Prescott erfüllte sie mit einem süßen und bitteren Gefühl. Ihr ganzes Lebensprogramm lag in Trümmern zu ihren Füßen, wenigstens empfand sie das so in ihrer augenblicklichen Verfassung. Eines stand im Widerstreit ihrer Gefühle unerbittlich und unentrinnbar fest – sie liebte Dr. Prescott.

Da kam das Taxi. Sie wollte eben einsteigen, als sie Schritte hinter sich hörte. Es war Dr. Prescott.

»Wo stecken Sie nur, Schwester Lee? Überall habe ich nach Ihnen gesucht.«

»Ich habe einige Schwestern und die Oberin begrüßt.«

»Und nun rennen Sie davon, ohne mir Gelegenheit zu geben, Ihnen zu danken?«

»Oh, ich kam gerne her und war glücklich, das alte Hepperton-Krankenhaus einmal wiederzusehen!«

»Es gibt so vieles, das ich mit Ihnen besprechen möchte, Anne. Ich hatte gerade eine Unterredung mit Bowley; er interessiert sich sehr für Ihren ›Feldzug‹ und will Ihnen dabei helfen.« Er unterbrach sich und schaute auf die Uhr.

»Wann geht Ihr Zug?«

»Zehn Uhr fünfzehn.«

Sofort faßte er seinen Entschluß: »Ich komme mit Ihnen; ich wollte zwar erst um Mitternacht reisen, aber so paßt es noch besser...« Ehe sie irgendwelche Einwendungen machen konnte, hatte der Portier auch schon sein Gepäck herbeigeschafft und im Auto verstaut, und fort ging's zum Zentralbahnhof.

Kaum hatten sie im Abteil Platz genommen, als er seine Brieftasche herauszog, um ihr Matts Scheck zu zeigen. »Sehen Sie einmal hier, welch interessantes Stück Papier; wenigstens wenn es mal in Backsteine und Mörtel für die Klinik umgewandelt ist.«

Ein helles Leuchten trat in ihre Augen. Über der Freude vergaß sie alle ihre eigenen Probleme. »Endlich haben Sie Ihr Ziel erreicht!« jubelte sie.

»Ja, endlich«, nickte er zustimmend.

Der Zug sauste jetzt durch die Nacht, durch das vom Schein flammender Hochöfen erleuchtete Dunkel. Über dem Glanz der vorüberblitzenden Lichtreklamen, der Straßenlampen und vielfenstrigen Fabriken funkelten die Sterne in unvergänglicher Klarheit.

»Und nun«, begann Dr. Prescott entschlossen, »lassen Sie mich über Ihre Arbeit sprechen. Ich redete Bowley ein wenig ins Gewissen. Er fühlt, daß er an Ihnen etwas gutzumachen hat, und möchte nun auch das Seine für Sie tun. Seine Reue könnte sich mit der Zeit wieder etwas verflüchtigen, sein Wohlwollen wird bleiben, dafür hat er Rose zu lieb.«

In seinem Eifer beugte sich Dr. Prescott ein wenig vor: »Morgen früh werden Sie im Büro einen großzügigen Beitrag für Ihren Feldzug vorfinden. Aber mit der finanziellen Seite allein soll es nicht getan sein; unser guter Matt wird nächstens Parlamentskandidat, und wird er gewählt, so will er das Interesse des Parlaments für die Krankenschwestern und ihre mannigfachen Nöte zu wecken suchen. Vielleicht brauchen Sie dann seine Hilfe gar nicht einmal mehr, wenn Sie sich weiter so ins Zeug legen, und die meine auch nicht. Aber ich versichere Ihnen aufrichtig, daß ich jederzeit zu Ihrer Verfügung stehe.«

Mit größter Anstrengung zwang sie sich zu einer vernünftigen Antwort, aber irgendwie ging doch alle Logik dabei verloren. Alles, was sie herausbrachte, war: »Sie sind sehr lieb zu mir, Herr Doktor.«

»Warum auch nicht?« Ein wehmütiges Lächeln umspielte seinen Mund. »Sie wissen ja, daß ich Sie liebhabe, daraus kann ich kein Hehl mehr machen!«

Ihr Herz schmerzte unerträglich. Er sah über sie hinweg, und als ob er die Vergangenheit noch einmal durchlebte, begann er: »Erinnern Sie sich jener ersten Tage unserer Bekanntschaft, den improvisierten kleinen Lunch nach jenem Unglück? Welch ein Snob ich doch war, welch anmaßender Kerl. Und dann Bryngower, wo ich Sie so erschreckte und in den Regen hinausjagte. Ich hatte mir theoretisch alles so schön zurechtgelegt und wollte ihnen wie ein trockener Professor beweisen, daß wir beide in der Ehe viel besser zusammenarbeiten könnten, daß ich Ihnen helfen könnte und Sie mir; daß meine Klinik und Ihr Schwestern-Feldzug gemeinsame Ziele in unserem gemeinsamen Leben bedeuten könnten.« Er lächelte spöttisch über seine eigenen Vorstellungen. Dann fuhr er mit einem Seufzer fort: Ich vergaß dabei nur einen kleinen, aber sehr wichtigen Faktor, übersah ihn in meinem grenzenlosen Egoismus... die Tatsache, daß Sie mich nicht liebten und auch nicht lieben konnten.«

Ihre Augen brannten von krampfhaft zurückgehaltenen Tränen, sie fühlte sich so verloren und hoffnungslos verwirrt. Dann dämmerte ihr, daß sie sich diese Gelegenheit nicht entgehen lassen dürfe; Joes Ermahnung bei ihrem letzten Zusammensein kam ihr jählings in den Sinn. Sie mußte ihren Stolz besiegen. Und all ihren Mut zusammenfassend, flüsterte sie zitternd: »Ich war es, die etwas übersehen hatte, nicht Sie...«

Verblüfft blickte er sie an; und plötzlich verschwand die düstere Falte zwischen seinen Brauen. Ihre Worte allein hätten die tiefe Niedergeschlagenheit nicht von seinem Herzen wälzen können, aber der Blick ihrer leuchtenden, feucht schimmernden Augen war nicht mißzuverstehen. Er ergriff ihre Hand: »Anne, kannst du mich denn wirklich noch liebhaben nach alledem?«

Und im nächsten Augenblick war er an ihrer Seite und zog sie sanft an sich. Sie barg ihren Kopf an seiner Schulter und schluchzte: »Ach, ich war ja todunglücklich all die vergangenen Wochen. Eigentlich weiß ich schon lange, daß ich dich liebhabe, aber ich wollte es nicht wahrhaben; irgend etwas hielt mich zurück...«

»Es war meine Dummheit, mein Stolz.«

»Nein«, widersprach sie, gleichzeitig lachend und weinend, »es war mein dummer Stolz.«

Er nahm ihr tränenüberströmtes Gesicht in seine Hände und küßte sie. Ihr Herz jubelte; alle Qual hatte nun ein Ende.

Der Zug donnerte durch die Nacht und trug die beiden einer verheißungsvollen Zukunft entgegen.

A. J. Cronin

Der Judasbaum
Roman
Aus dem Englischen von Edmund Th. Kauer
Band 11551

Der spanische Gärtner
Roman
Aus dem Englischen von Lida Winiewicz
Band 11628

Die Bewährung
Roman
Aus dem Englischen von Gertrud Müller
Band 11569

Die Schlüssel zum Königreich
Roman
Aus dem Englischen von Wilhelm Michael
Band 11565

Die Sterne blicken herab
Roman
Aus dem Englischen von
Richard Hoffmann und Peter Linnert
Band 11552

Die Zitadelle
Roman
Aus dem Englischen von Richard Hoffmann
Band 11431

Fischer Taschenbuch Verlag

fi 1611 / 3